VIDA Y PEN

ENTRE EL F

MW01595610

MARTHA ROBLES

ENTRE EL PODER Y LAS LETRAS

Vasconcelos en sus memorias

FONDO DE CULTURA ECONÓMICA

MÉXICO

Primera edición, 1989
Segunda edición, 2002

Comentarios y sugerencias: editor@fce.com.mx
Conozca nuestro catálogo: www.fce.com.mx

D. R. © 1989, Fondo de Cultura Económica, S. A. de C. V.
D. R. © 2002, Fondo de Cultura Económica
Carretera Picacho-Ajusco, 227; 14200 México, D. F.

ISBN 968-16-6693-3 (segunda edición)
ISBN 968-16-3252-4 (primera edición)

Impreso en México

A JOSÉ E. ITURRIAGA

INTRODUCCIÓN

José Vasconcelos (1882-1959) fue un hombre de dos tiempos históricos: el del fin del Porfiriato y el del inicio de la Revolución mexicana. El primero se formó en los principios del positivismo y en las costumbres de la clase media que su generación expresó en evocaciones paternas: nostalgia provinciana y apego a los valores que entraron en conflicto con la ruptura revolucionaria.

El segundo es contrastante: comienza con el ascenso de Madero y su complejidad crece con los cambios políticos del país. Sin abandonar el ímpetu del joven ateneísta, Vasconcelos —ya maduro— habría de convertirse en símbolo del tiempo sin retorno en el México moderno.

Las horas de confusión armada y de luchas por el poder son propicias para el surgimiento de líderes mesiánicos. Por sobre la tolvanera y la fiesta de las balas que tanto qué decir dieran al muralismo y al expresionismo literario, se agitaban la emoción moral, el sentimiento religioso y un fenómeno peculiar que anudaba el cauce de la incertidumbre católica/conservadora y la de una oposición ostensible al dominio militar: el martirologio cívico, mezcla de repulsa exacerbada y de fanatismo religioso que habría de manifestarse, primero, en los acontecimientos de la Guerra cristera, y después, en un retorno al mesianismo ya precisado en luchas políticas y electorales, como la "cruzada" de 1929 emprendida por José Vasconcelos.

Si la Bola dejaba su secuela de caudillos y matones, la "santidad" fomentada con aliento porfiriano creaba sus figuras redentoras: primero fue el Vasconcelos educador; luego, conforme avanzaba la oposición a los gobiernos militares, Daniel Flores, quien desfigurara de un balazo el rostro del presidente

Pascual Ortiz Rubio el día mismo de su toma de posesión (febrero 5 de 1930). Aparecieron vates, sufridores y patriotas inmaculados como el "lúcido guía de la rebelión cristera", escritor y miembro de la ACJM,[1] Anacleto González Flores (1888-1927), para oponerse, con propaganda doctrinaria y espíritu de inmolación cristiana, al dominio opresor y al mundo de la Revolución reducido a víctimas y verdugos.

Perdidas las fronteras entre ilegalidad y fe religiosa, en México se mezclaron los lenguajes de la Constitución Política, los del asalto al poder, el mesiánico al modo laico de Vasconcelos y el radical −por implacable y violento− que se vinculaba al fanatismo cristero. León Toral asesinó a Alvaro Obregón (julio 17 de 1928), convencido de su misión providencial. En *La flama,* al escribir una semblanza de este héroe de la hora, José Vasconcelos habría de llamarlo "el Abel mexicano... defensor de las buenas costumbres"; de valentía ponderada, reconocido patriota entre los ultraconservadores y también transformado en santón por opositor, fue el ingeniero Luis Segura Vilchis, fusilado por atentar contra la vida del general Obregón, el 13 de noviembre de 1927, con el célebre estallido de dinamita en el Bosque de Chapultepec, del que el Caudillo saldría ileso. El padre Agustín Pro, su hermano Humberto y la Madre Conchita, Cerrarían el capítulo de las vidas ejemplares que desafiaron el poder del Caudillo.

La campaña presidencial de José Vasconcelos (1928-1929) inicia otra etapa mesiánica cargada de mártires. Plutarco Elías Calles protagoniza al tirano, y el "Partido Oficial", como llamaran al recién creado Partido Nacional Revolucionario, significa "la conversión de la dictadura personal en dictadura de camarilla". Del vasconcelismo surgen nombres como el de Germán de Campo (1904-1929); a diferencia de los jóvenes que lucharon por la religión, éstos "anhelaban conquistar la libertad política". Arrobado por el nuevo idealismo y símbolo del espíritu

---

[1] Acción Católica de la Juventud Mexicana.

rebelde de quienes se reunían en torno del Centro Vasconcelista, Germán de Campo iniciaba el martirologio electoral que habría de terminar, de una parte, en la bárbara matanza de Huitzilac y, de otra, en la transformación personal de José Vasconcelos, después de la derrota de 1929.

El autor de memorias, el hombre que evoca el pasado a través de páginas exacerbadas, de pluma rápida, adjetivo pronto y decidido a expresar "su verdad", se convierte en líder o ideólogo de la derecha en México y, a través de juicios condenatorios, asume los signos del Ángel Exterminador, el del profeta y el de juez de la historia de una revolución que durante los últimos años de su vida no sólo lo había olvidado como protagonista de embates éticos del pasado inmediato, sino que aquella revolución se había ignorado a sí misma: en 1959, cuando muere Vasconcelos, México ya contaba con algunas experiencias contrarrevolucionarias que transformaban la circunstancia política nacional, en pleno ascenso del capitalismo.

Vasconcelos es el último de los "santos" civiles del proceso revolucionario. A través de sus páginas autobiográficas se advierte cómo recreó el legado formativo de su espíritu porfirista —moral materna, religiosidad, obediencia a la autoridad, recelo ante el padre, y la burla como herramienta crítica— en capítulos memorables de *Ulises criollo,* la mejor obra literaria de sus memorias. Las páginas finales de este primer título de los cinco que integran su autobiografía son el testimonio de su ruptura con el mundo presidido por don Porfirio.

Ulises criollo es una obra de rencor en contra de Venustiano Carranza. El odio determina sus juicios políticos. En la última hoja de *Ulises,* entre el caos de la Decena Trágica, el temor de Pani y la cita de Coleridge: *"Till my ghastly tale is told, / This heart within me burns",* Vasconcelos describe su tormenta en confesiones abiertas de su vida y de su tiempo; trama singular de todas las autobiografías mexicanas: "... desfile patético de anhelos informes, acción caricaturesca de personajes macabros; cielo de Apocalipsis donde no hay un solo reflejo que sea presagio de Aurora..." *La tormenta* es el libro de sus desgarramientos, de sus idas y venidas políticas durante las horas caóticas que van de la Decena Trágica al ascenso de Obregón. Termina al iniciar Vasconcelos su obra educadora. Si en *Ulises* la cita de Coleridge anticipa el fuego que arderá en su corazón, *La tormenta* culmina con la serenidad del *Segundo Fausto*: "Que se resuelve a la tarea de construir / La más útil y noble existencia".

El desastre, no obstante la ira que lo envuelve, es el libro en el cual Vasconcelos vislumbra su propio camino hacia Dios. Su estilo, entre la maldición y la duda, quedó definido con certeza: "de sobresaltos". El profeta que aspiró a ser; el hombre mítico de la posterior campaña electoral en la identificación simbólica de Quetzalcóatl, el educador perseguido, conforman, al paso de las páginas de éste su tercer tomo de memorias, la figura del arcángel "que lleva en la mano una espada de fuego y en el corazón la justicia, en la mente la luz". Evocaciones que en su espíritu hallaron una síntesis de tiempo, obra y desventuras en páginas incendiadas. Es imposible dejar de asociarlas a las de Dante, cuya imagen tuvo en la intimidad de sus preferencias literarias. *El desastre* es un libro marcado por el rencor del exilio y señalado por volcar en sus páginas la pasión enardecida del civilizador forzado a abandonar sus proyectos durante su mejor momento.

A los 58 años de edad, en 1939, Vasconcelos se reconoce en la vejez. No se trata de aclarar un camino sinuoso hacia Dios, sino de la conciencia del pecado cuanto agitó su espíritu durante esos años. Escribe, poco antes, *El Proconsulado,* dedicado a la memoria de Antonieta Rivas Mercado, la *Valeria* de sus memorias. Este cuarto libro de su autobiografía lo elaboró en la insólita paz de la biblioteca de la Universidad de Austin y en la casa que él ocupaba en un barrio estadunidense. Fueron, en apariencia, días sosegados a pesar de que las visitas de algunos mexicanos reavivaban, periódicamente, su pasión política por el poder. En sus cartas a Alfonso Taracena hay pormenores que completan el conocimiento de ese tiempo. Tiempo que se cruza con arrepentimientos, anhelo de serenidad y conjuras imaginarias para encender otra revolución en México.

El Proconsulado es un libro de condena a Calles; es la hoguera en la cual Vasconcelos hizo arder su propia ira para arrojar allí a los personajes de lo que calificó una y otra vez de infamia mexicana. Entre la pasión política, el estudio filosófico y el recuerdo de sus luchas, el exilio en el mundo del procónsul, evoca con plenitud el infierno desde el cual la patria se vuelve un estado de ánimo: pasión por la justicia ante el agravio padecido.

... Sean cuales fueran los motivos del escritor profesional —escribió—, tengo yo particular deber de proclamar ciertos hechos referentes a la vida pública de mi país. En épocas angustiosas de su historia fui parte a que se levantaran esperanzas que únicamente provocaron crímenes. Y como siguen victoriosos los criminales, mi clamor es el único homenaje que puedo tributar a las víctimas de una causa derrotada...

El Proconsulado no sería, conforme lo admiten lectores y editores, el último libro de sus memorias. Acaso por haberse publicado un mes después de su fallecimiento, *La flama* no alcanzó la notoriedad de los precedentes; sin embargo, la memoria de Vasconcelos, sin *La flama,* sería incompleta. No por tratarse del testimonio final, de recuerdos en los cuales se apagan su ira y su pasión política, sino porque en los sucesos que revive están dolorosas rectificaciones de lo que inflamara sus páginas anteriores; asombrosas, en este sentido, resultan la descripción del encuentro y su reconciliación con Plutarco Elías Calles, en un rancho cercano a Los Ángeles; la del desfile de sombras cristeras y de los fusilados por atentar contra la vida de Obregón. Son páginas sin cuya lectura la historia por él evocada, sus juicios sumarios y su desfallecimiento final quedarían en la penumbra. Es, también, el libro de la hipotética rebelión contra Lázaro Cárdenas; el del descenso que va de la ira y el asombro en *Ulises* a la cólera disminuida de quien retorna a la patria vencido por sus propias pasiones y por una atroz certidumbre: la de la soledad.

Sin *La flama* habrían quedado incompletas aquella pasión que lo aproximaba a los demás para rechazarlos hasta aborrecer su tiempo, las ideas y hasta la propia vida del José Vasconcelos íntimo o público.

Alfonso Reyes, quien mantuvo una juvenil amistad con Vasconcelos —incluidas naturales distancias y aproximaciones esporádicas— escribió, a su muerte, una página de comprensión serena y con obvia nostalgia por el que se había anticipado a morir "sólo un poco". Vasconcelos murió el 30 de junio y Reyes el 28 de diciembre de 1959. Dijo Reyes:

> Siempre varonil y arrebatado, lleno de cumbres y abismos, este hombre extraordinario, tan parecido a la tierra mexicana, deja en la conciencia nacional algo como una cicatriz de fuego, y deja en mi ánimo el sentimiento de una presencia imperiosa, ardiente, que ni la muerte puede borrar. Lo tengo aquí, a mi lado. Nuestro diálogo no se interrumpe.

Página premonitoria de su propia muerte, la de Reyes resume la metáfora que dejó Vasconcelos en sus memorias: *algo como una cicatriz de fuego.*

Soltaste, Señor, mi lengua, en airado clamor de redención. Antes que yo, profetas tuyos más dignos, fallaron también en el empeño inútil de restaurar la justicia. Esto sigue siendo el destino: relámpago fugaz y en seguida la soledad y el pavor de la Tiniebla.

JOSÉ VASCONCELOS

I. HACIA EL NUEVO HUMANISMO

LA LUCHA ARMADA FUE EL MÁS RADICAL de los hechos de la inconformidad en la era porfiriana. Otros hubo, menos ostensibles, que parecían sumarse a la persistente oposición popular. Al margen de las huelgas de Cananea y Río Blanco o del súbito agotamiento de la paciencia del peonaje, la protesta de algunos creyentes del poder transformador de la cultura apelaba al pensamiento crítico y al retorno de las humanidades como formas de oposición a la doctrina social de los "científicos", base ideológica de la dictadura.

La generación de 1910,[1] formada en mayoría por jóvenes autodidactos, reaccionaba contra el darwinismo social cuyos "primeros principios" caracterizaban el legado positivista de Gabino Barreda en las aulas, y lo que el régimen de Díaz adoptara cual norma de "Orden y Progreso":

La teoría moral de nuestros gobiernos, a partir de la Reforma —escribió Lombardo Toledano—, expurgada de toda idea perteneciente a nuestra tradición humanista por el régimen de Porfirio Díaz, se basaba en la creencia de la esterilidad de toda búsqueda concerniente a las causas de la vida y del mundo, declarando a priori la incapacidad del hombre en ese empeño; circunscribió la investigación a los hechos positivos y sobre éstos asentó la ética, que resultó, lógicamente, una norma inspirada en las leyes de la biología general. De acuerdo con éstas la vida social no es sino la prolongación de la lucha por la existencia que se cumple en todos los órdenes del mundo orgánico; triunfan los aptos, perecen los impreparados; debe protegerse, en consecuencia, a los que han sabido vencer. El derecho debe amparar la libertad humana, instrumento

[1] Definida así por Vicente Lombardo Toledano en "El sentido humanista de la Revolución mexicana", UNAM (México, 2 de diiembre de de 1930), t. I, núm. 2, pp. 91-109.

natural de la lucha por la vida, y el fruto de la libre concurrencia de las acciones: la propiedad. Cada quien posee, en conclusión, lo que debe poseer, porque es lo que ha podido lograr en el juego natural de las fuerzas sociales. Así, mediante este sorites cuya primera premisa proporcionan la doctrina positivista y la biología, pretendió justificar la dictadura porfirista la desigual distribución de la riqueza pública y la tremenda separación espiritual entre la minoría privilegiada y las masas incultas de nuestro país, empleando para ello la escuela, que le dio prosélitos entre los que crean y orientan la opinión pública, la prensa, el púlpito y la tribuna política.[2]

La defensa del libre albedrío fue el primer concepto opositor al predominio cientificista de la vida mexicana. No deja de llamar la atención el hecho de que fuese un argumento de la teología, precisamente, el que encabezara su rescate de las humanidades cuyas bases, al decir de Pedro Henríquez Ureña, provenían del antiguo espíritu griego. Verdadero guía intelectual del grupo que, a partir de 1906, comenzara a reunirse periódicamente en el pequeño taller del arquitecto Jesús T. Acevedo, el ensayista, crítico y maestro dominicano encabezaría el ánimo renovador de unos cuantos escritores jóvenes quienes, aunque relacionados con la revista *Savia Moderna,* fundada ese 1906 por Alfonso Cravioto y Luis Castillo Ledón, deseaban apartarse del predominio de las letras francesas decimonónicas y, particularmente, de la doctrina positivista que estrechaba sus aspiraciones intelectuales. La Sociedad de Conferencias y Conciertos fue fundada en 1907, meses después de comenzadas sus reuniones en el despacho de Jesús T. Acevedo. Tal sociedad, en 1910, fue nombrada Ateneo de la Juventud debido a cambios en sus propósitos difusores de la cultura en los cuales recaían, inevitablemente, algunas inquietudes políticas del fin de la dictadura.

Como se sabe, la aparición pública del que sería Ateneo de la Juventud fue un ciclo de conferencias de las cuales la de José

---

[2] Vicente Lombardo Toledano, art. cit., p. 96.

Vasconcelos trató de Barreda y las ideas contemporáneas. Lo que el positivismo significó como fundamento intelectual de la generación de 1910, fue expuesto por el propio Vasconcelos. Reconoció en Barreda al introductor de "altas disciplinas del espíritu", sin referirse a la obra social de aquel educador quien, diría el joven Vasconcelos, "supo pensar su tiempo".

Contraponiendo los ideales de su generación a los del pasado, definió su tiempo como el de los espíritus que

> [...] ahondan con impulso propio el misterio fecundo; edifican la novedad que ha de ser nuestra expresión, y de esta manera el ideal se realiza, obra en las almas y esclarece el exterior, donde, no obstante cierta disolución aparente, predomina un sentimiento de confianza propio de los periodos exaltados en que los dolores se olvidan y las dudas se iluminan, de los instantes de claridad y de mensaje en que el sentir profético anuncia el advenimiento y la elaboración de los credos que guían generaciones.[3]

Este párrafo es, sin duda, el más revelador de la distancia crítica que la generación de 1910 tuvo del positivismo. Para que fuera ruptura, su actitud empezó como crítica intelectual. Vasconcelos abrió el fuego de las nuevas ideas al reconocer la herencia de Gabino Barreda y al postular, en espléndidas interrogaciones, la diferencia fundamental con su sistema:

> ¿Estamos seguros de haber excedido nuestro momento anterior? ¿Seremos realmente de los que asisten a las épocas gloriosas en que los valores se rehacen? ¿O es sólo un vigor de juventud el que nos hace amar nuestro presente y nos lo hace aparecer más fecundo que el pasado?[4]

---

[3] José Vasconcelos, "Don Gabino Barreda y las ideas contemporáneas" (Conferencia dictada en el Ateneo de la Juventud en el año de 1910), *Escritos de juventud, O. C.,* t. I, Libreros Mexicanos Unidos, México, 1957, p. 38 (Colección Laurel).

[4] *Ibid.,* pp. 38-39

Vasconcelos pedía a su generación purificar el significado de las palabras y volver a don Gabino Barreda para recordar

[...] que él implantó entre nosotros los fundamentos de un sistema de pensar distinto del que había prevalecido en los siglos de dominación española y de catolicismo. Relacionándolas con el pensamiento libre de Europa, puso generaciones enteras en aptitud, no sólo para ser asimiladoras de la cultura europea, sino para que, sobre el asiento firme que proporciona una educación de disciplina sólida, desarrollasen las propias virtualidades especulativas y morales.[5]

Sería difícil encontrar una crítica más justa sobre el legado histórico del positivismo que el expuesto por el entonces joven Vasconcelos. Es indudable que no se ha atendido, en su alcance crítico, su exposición para entender que la renovación filosófica del Ateneo de la Juventud provenía del reconocimiento del sistema en el cual se habían educado y lo que éste representó para la historia cultural de nuestro país.

Agregó Vasconcelos:

Si su enseñanza (la de Barreda) puede merecer la acusación de incompleta en el sentido superior, la bondad de su método fructificó a pesar de algunos excesos disculpables en el discípulo convencido que impone las doctrinas de maestros un poco limitados. ¿Quién es el gran creador de sistemas que, sintiendo la infinitud del ideal, no piensa, al reflexionar sobre su obra ya concluida, que quizá la haría mejor si la emprendiese de nuevo, que aún quedaron sin expresión y sin recuerdo muchas visiones misteriosas?[6]

Vasconcelos, al interrogarse, se desprende de la lección de Barreda para entrar, con júbilo, al mundo de Zaratustra:

---

[5] José Vasconcelos, *op. cit.*, p. 39.
[6] *Ibid.*, p. 39.

Amigos míos, es indigno de mi enseñanza quien acata servilmente una doctrina; soy un libertador de corazones; mi razón puede no ser vuestra razón: aprended de mí el vuelo del águila.[7]

Vasconcelos toma a Nietzsche para valorar históricamente al positivismo mexicano:

[...] Nietzsche, el apóstol de la grandeza, no era traducido del alemán y en México se sustituía el fanatismo de la religión por otro más de acuerdo con los tiempos y que significó un progreso: el de la ciencia interpretada positivamente.[8]

La visión que tuvo del papel de sus contemporáneos y aun de su tiempo, anticipó el tono apocalíptico que lo dominaría durante su madurez. En el año en el cual escribió su reflexión sobre Barreda, 1910, ocurrió la gran ruptura social y política propuesta por Francisco I. Madero.

Su ensayo inicial contiene, además, la emoción de esa hora al revisar la filosofía en que se había apoyado la educación del Antiguo Régimen.

De entonces datan la creación de la Universidad Popular (1913), cuyo primer rector fuera Alberto J. Pani, y cierta proximidad con el mundo obrero. Siete serían los jóvenes que asiduamente se aproximaban al también joven y brillante maestro Pedro Henríquez Ureña: Jesús T. Acevedo, Alfonso Reyes, Alfonso Cravioto, Ricardo Gómez Robelo, José Vasconcelos, Rubén Valenti e Isidro Fabela. Antonio Caso, por otra parte, desempeñaría un papel decisivo en la orientación de los estudios filosóficos; concretamente, el espiritualismo que años después fuera indiviso de la cruzada educativa de José Vasconcelos. Letras, reflexión y política concentraban los intereses de aquellos hombres, por la vía de la discusión, desde la biblioteca personal de Antonio Caso (1883-1946), en 1907, quien en-

[7] José Vasconcelos, *op. cit.,* p. 40.
[8] *Idem.*

tonces fuera designado profesor de conferencias ilustradas sobre geografía e historia en la Escuela de Artes y Oficios para Hombres.

A pesar de que otros ateneístas sostuvieron su curiosidad por las doctrinas filosóficas, Caso fue el filósofo del Ateneo. Hombre de juicios rotundos, a veces persuasivos, en su generación tuvo un papel semejante al de Justo Sierra: protagonistas de dos épocas que enlazan las virtudes intelectuales de la que desaparece con la que surge acompañada de nuevas ideas y formas de expresión. Su biblioteca se conserva, hasta la fecha, en la México, ubicada en la Ciudadela de esta capital. Vasconcelos sostuvo, ante él, una actitud de respeto y de recelo; de proximidad y rechazo. Lo tuvo cerca al fundar la Secretaría de Educación Pública y se distanciaron cuando, con firmeza, don Antonio le reprobara su conducta política contra su hermano Alfonso.

Entre todos ellos, Antonio Caso sería el verdadero maestro: hizo de la enseñanza un deber cotidiano, lo mismo en las aulas que en el periódico, por medio de conferencias y aun en sus libros. Su conocida polémica con Vicente Lombardo Toledano —uno de sus discípulos más distinguidos—, por otra parte, ejemplificó, entre otras aportaciones, la división temática y política de dos épocas: la del "Maximato" y la de Lázaro Cárdenas, a partir de las proposiciones expuestas para establecer el método de educación universitaria. Es indudable que la UNAM, más que la autonomía, le debe a Caso los conceptos históricos en los que se funda la libertad de expresión que aún perdura en nuestra casa de estudios y que podría considerarse, hoy, anticipo del ejercicio democrático.

Estudiante de Leyes, maestro de la preparatoria y redactor de *El Imparcial,* Martín Luis Guzmán (1887-1976) se integró al grupo en 1911 con algunas de sus ideas políticas ya formadas. Su padre murió en la lucha contra los revolucionarios cuando él asistía como abogado a la Convención del Partido Constitucional Progresista. Su actividad intelectual, lejos de apartarlo de las agitadas oscilaciones políticas del momento, parecía involucrarlo más y más en la causa democratizadora primero y, después, en la de la Revolución. De su experiencia con los grupos del Norte, al mando de Francisco Villa, y de las posteriores luchas por el poder, hasta el ascenso del caudillo Álvaro Obregón, procede lo mejor de su obra. Prosista riguroso y apasionado del periodismo, fue él, de entre los ateneístas, el verdadero testigo literario de la revuelta armada y de sus posteriores aspectos contrarrevolucionarios.

Alfonso Reyes (1889-1959) fue el ensayista del grupo. Indudable hombre de letras, las vastas direcciones de su obra hacen difícil definirlo por sus temas o por sus preocupaciones intelectuales. Ahondó en las expresiones varias de los asuntos humanos. Inquirió el pasado y enriqueció, como pocos mexicanos lo han hecho, la cultura de nuestro tiempo. Octavio Paz afirmó que la suya representaba la mitad de la literatura mexicana. Por su calidad y amplitud, por el rigor de su prosa y algunas aportaciones a la poesía, Reyes destaca por sobre sus contemporáneos por la vocación sostenida del escritor profesional. Con Vasconcelos mantuvo correspondencia y diferencias ostensibles: de la doctrina liberal, Reyes conservó una admiración reflexiva a los reformadores mexicanos, así como discrepancias con el Porfiriato —suyo es tal neologismo. Mantuvo una prudente distancia ante Madero, aunque fuera afín a las innovaciones democráticas. Separó con sagacidad su deber diplomático: representar al país al margen de la política inmediata de sus gobernantes. No declamó su entusiasmo por la labor educativa de Vasconcelos y, sin embargo, escribió la página más comprensiva al momento de su muerte. Su vasta correspondencia, inédita en gran parte, aún reserva algunos conocimientos sobre sus coetáneos: de ella procederá, seguramente, la parte complementaria del Vasconcelos desconocido.

Casi todas las disciplinas estuvieron representadas en este grupo que sobrevivió completo hasta 1914, con el nombre de Ateneo de México. Jesús T. Acevedo (1882-1918), por ejemplo, se tenía por "la gran esperanza de la arquitectura mexicana". Crítico de arte, lector asiduo y difusor de la estética con fundamento social, fue memorable su conferencia "La arquitectura colonial en México". Su muerte prematura en los Estados Unidos, a los 36 años de edad, truncó uno de los destinos más interesantes de esta generación. Algunas de sus tesis, notas, opiniones y conferencias fueron publicadas, póstumamente, en 1920, en las Ediciones México Moderno: *Disertaciones de un arquitecto,* prologado por Federico Mariscal.

Tales nombres, a los que pueden agregarse otros de la siguiente generación (1915), conocida como la de "Los siete sabios", procedentes de la Sociedad de Conferencias y Conciertos* —Vicente Lombardo Toledano, Alfonso Caso, Manuel Gómez Morín, Alberto Vázquez del Mercado, Antonio Castro Leal, Jesús Moreno Baca y Teófilo Olea y Leyva—, fueron los que verdaderamente se aplicaron a vulnerar, mediante las ideas y el fomento de la cultura, la doctrina positiva de la dictadura. Su lucha se orientaba en contra del fetichismo de la ciencia y en favor de un sentimiento de responsabilidad humana que debe anteponerse a la conducta individual o social.

Fue ostensible y casi inmediata la renovación cultural del Porfiriato. Hacia 1909, otros escritores, conferencistas, maestros, músicos o pintores se habían incorporado no sólo a su ánimo civilizador, sino a las actividades públicas que los distinguieron como generación de ateneístas: Diego Rivera, Manuel M. Ponce, Carlos González Peña, Saturnino Herrán, Genaro Fernández MacGregor, Ángel Zárraga, Nemesio García Naranjo, José Ma. Lozano, etcétera.

Quizá su circunstancia los orilló a modificar el concepto, aún en debate, del humanismo. Henríquez Ureña demandó a sus amigos el conocimiento del griego y del latín; sin embargo, ellos aspiraban a una concepción occidental para formar a los hombres, a partir de ideales desprendidos de la cultura clásica.

---

* Véase el Apéndice IV, III, p. 188.

Con estos principios y sin llegar a distinguirse por su erudición, Vasconcelos aplicaría su certeza transformadora del espíritu nacional al ordenar, imaginar e instituir un sistema de enseñanza pública en medio del caos legado por el levantamiento armado.

Formar seres cultos, conforme a los términos de nuestra realidad, era una aspiración en verdad revolucionaria. Allí donde reina la barbarie no cabe, como meta del humanismo crítico y militante, difundir las solas virtudes del saber erudito. El alfabetismo significaba el primer peldaño para ascender hacia una sociedad de seres aptos para resolver problemas, preparados para la democracia y dispuestos a comprender los términos de la libertad con progreso. Más necesario era, en la década de los veinte, difundir valores universales entre la mayoría, que ponderar virtudes eruditas en unos cuantos privilegiados.

Ante el desorden social reinante se imponía la inminencia de recobrar, espiritualmente, el legado del helenocentrismo que dijera Alfonso Reyes. El nuevo humanismo, de tal modo, ponía la herencia del pasado al servicio de un medio con reminiscencias coloniales, predominantemente ignorante y con recursos limitados por la experiencia de la dictadura.

Es probable que, en la actualidad, la obra educativa de Vasconcelos pueda ser, en muchos aspectos, limitada y criticable; sin embargo, en su hora, y en la América Latina, significaba un triunfo del orden sobre el caos, una victoria de la civilización sobre la barbarie y la primera tentativa del siglo mexicano para abolir el militarismo por la vía del saber. De no verse así, su aportación a la cultura nacional, desde la Secretaría de Educación Pública, quedaría reducida a una parte más de su contradictoria obra personal.

Existen varios testimonios que recogen temas, lecturas y descripciones de las actividades intelectuales del Ateneo de la Juventud; de entre ellos destacan las de Alfonso Reyes, en *Pasado inmediato;* las de Lombardo Toledano, dispersas en ensa-

yos y artículos periodísticos, y las de José Vasconcelos contenidas, entre otras páginas autobiográficas, en *Ulises criollo*. Pedro
Henríquez Ureña, por otra parte, calificó de trascendental el
quehacer de sus discípulos y amigos. Su pronunciamiento en
favor de las humanidades clásicas tuvo en los mexicanos sus
mejores frutos, a pesar de su brillante itinerario magisterial por
nuestra América.

Todos coinciden en reconocer que su afán renovador partió
de la crítica al positivismo cual doctrina social de la dictadura, de
las lecturas comentadas de griegos y latinos, de clásicos del
Siglo de Oro español y de autores ingleses y alemanes. Tales
lecturas los llevaban de la reflexión filosófica a las letras. Henríquez Ureña, en su discurso inaugural del año escolar de
1914, en la Escuela de Altos Estudios de la Universidad Nacional de México, describe un ejemplo del ánimo que prevalecía
en aquellas reuniones con los jóvenes que, entonces, estaban en
torno de los veinte años de edad:

> [...] Una vez nos citamos para releer en común el *Banquete de Pla-
> tón*. Éramos cinco o seis esa noche, nos turnábamos en la lectura,
> cambiándose el lector para el discurso de cada convidado diferen-
> te; y cada quien le seguía ansioso, no con el deseo de apresurar la
> llegada de Alcibíades, como los estudiantes de que habla Aulo
> Gelio, sino con la esperanza de que le tocaran en suerte las mila-
> grosas palabras de Diótima de Mantinea... La lectura acaso duró
> tres horas; nunca hubo mayor olvido del mundo de la calle por
> más que esto ocurría en un taller inmediato a la más populosa ave-
> nida de la ciudad.[9]

Con semejante pasión se entregaban al descubrimiento crítico de Dante, Shakespeare, Goethe, Nietzsche, Comte, Spencer
o Schopenhauer. Vasconcelos ha citado, entre otras influencias

[9] Pedro Henríquez Ureña, "La cultura de las humanidades", *Conferencias del
Ateneo de la Juventud*, Prólogo, notas y recopilación de apéndices de Juan Her-
nández Luna, Centro de Estudios Filosóficos/UNAM, México, 1962, p. 160 (Nueva
Biblioteca Mexicana, 5).

perdurables de aquellos años, a Kant, Boutroux, Eucken, Bergson, Poincaré, William James, Wundt, Schiller, Lessing, Winckelmann, Taine, Ruskin, Wilde, Benedetto Croce, Hegel y Menéndez Pelayo; es decir, protagonistas de tiempos y de culturas apegados al rigor lógico, al pensamiento analítico y al sentido ético de la existencia. Acaso durante aquellas sesiones tuvieran origen la primera preocupación de esos intelectuales por vincular la política a las letras, mediante el sentido moral de las tareas educativas, y la idea del respeto a la individualidad como base de espíritu comunitario. En pocos años quedaría demostrado ese ánimo civilizador no sólo por su fecunda diversidad de empeños, sino en una tarea compartida con la siguiente generación: organizar los medios nacionales para la democracia, la justicia y la libertad.

No obstante su actitud opositora a la enseñanza del Porfiriato, los del Ateneo encontraron el complemento de su formación en algunos de sus protagonistas: Justo Sierra, por ejemplo, al decir de Vasconcelos, hizo de sus propios principios católicos y aun cientificistas, materia de constantes debates. Abominaba del dogmatismo y de los entusiasmos comtistas, y dedicado primero al magisterio y luego a la organización de la cultura moderna de México, desde el Ministerio de Instrucción, Sierra probó su flexible tolerancia reconociendo el nuevo idealismo francés o la crítica de la ciencia. De ello ha quedado constancia en su vasta y reveladora obra escrita y, concretamente, en su discurso inaugural de la Universidad, en el año del centenario de la Independencia mexicana.

El país de entonces no era, ciertamente, un desierto cultural. Si las críticas al régimen y a sus procedimientos de enseñanza surgieron con tal vigor entre opositores intelectuales fue porque en tal actitud científica ante la vida social estaban las simientes naturales de su transformación. Eran pocos los ilustrados; menos aún quienes, desde posiciones creadoras, aportaban elementos para enriquecer la cultura; pero estaban allí, poseedores de un conocimiento preciso del idioma, estudiosos de la escolástica y celosos del valor de la comprobación. A un Porfirio Parra, autor de dos ejemplares tomos de lógica y de innumerables discursos filosóficos, aún se le recuerda por sus brillantes lecciones en la Escuela Nacional Preparatoria.[10] La poesía, tan mezclada al lenguaje del Modernismo proveniente de tierras americanas y con notables representantes mexicanos, se levantaba con los ateneístas por encima del discutible poder totalizador de aquella ciencia que tanto les incomodaba. Voces como la de Gutiérrez Nájera (1859-1895), Urbina, Nervo, Díaz Mirón, Icaza o Tablada eran las que los jóvenes estudiantes repetían con asombro ante el uso de sus metáforas.

Tiempo de Manuel José Othón (1858-1906), el solitario de la poesía, cuyos cantos a la naturaleza pasarían a integrarse a la conciencia del medio de los futuros escritores. Un trasfondo amoroso, a través de sus versos, algo tendría que ver en el indiscutible espíritu nacional de aquellos jóvenes.

Acaso no fuera tan poderosa la influencia de los positivistas ya que, desde el siglo xix hasta la primera década del xx, proliferaron obras de erudición bibliográfica, traductores del latín y prosistas apegados al helenocentrismo que con tanto ahínco defendiera, durante su vida de creación, Alfonso Reyes. A su alcance estaban estudiosos tan notables como José María Vigil (1829-1909), traductor de Persio, ensayista, dramaturgo, periodista, maestro, académico, diputado y director de la Biblioteca Nacional (1879-1909).

Bastaría repasar el legado documental de don Joaquín García Icazbalceta (1825-1894) para dudar de los efectos de una tendencia tan desigualmente positivista. Pareciera que los ateneístas hubieran moderado los efectos arriesgados del humanismo colonial, la secuela tomista y las aportaciones de nuestro liberalismo. No obstante el carácter general de la enseñanza durante el porfiriato, el medio cultural de México y la Escuela

---

[10] Leopoldo Zea, *El positivismo en México. Nacimiento, apogeo y decadencia,* FCE, México, 1975.

Nacional Preparatoria estaban más cerca de la universalidad del conocimiento que del mundo de la ignorancia al que nos ha confinado la corriente de la especialización que ahora, entre nosotros, predomina en las aulas.

Don Ezequiel A. Chávez, portador del spencerianismo, trasmite sus enseñanzas del mismo modo que lo hacen un humanista católico, Francisco Pascual García, el latinista Joaquín Arcadio Pagaza o el traductor de ingleses y griegos Balbino Dávalos, maestros casi olvidados en nuestros días.

En cuanto a traductores se refiere, dos nombres son importantes: el de Joaquín D. Cassasús (1858-1916) y el de Ignacio Montes de Oca y Obregón (1840-1921). Cassasús fue humanista y poeta. Tradujo e imprimió 60 odas de Horacio, así como a Propercio, Catulo, Virgilio y Tibulo. Del poeta Longfellow vertió al castellano su *Evangelina*. Efraín M. Lozano fue su seudónimo en alguno de sus libros. Destacado jurisconsulto, Cassasús también fue banquero, hombre de negocios, funcionario público y, desde luego, académico. Ignacio Montes de Oca, por otra parte, fue calificado por Octaviano Valdés como "el más insigne de nuestros helenistas, en cantidad y calidad. Y uno de los más ilustres de toda el habla castellana." A él debemos versiones en nuestra lengua de Píndaro, Teócrito, Mosco, Bion y Apolonio de Rodas, principalmente. Autor de una vasta obra personal, integrada en ocho volúmenes, Montes de Oca también recurrió al uso del seudónimo latino de los árcades: "Ipandro Acaico".

Eran pocos, ciertamente, pero de la más alta calidad académica, quienes desarrollaban el pensamiento mexicano de la época. Una huelga sangrienta surgía al lado del periodismo combativo y junto al brote democratizador de Francisco I. Madero. Era el país de los peones, el de la mayoría agobiada por males físicos, por su ignorancia y por su indefensión social. Era el de una dictadura cifrada por la exaltada productividad de una aparente riqueza fundada en la miseria. Era la nación castigada, desde sus raíces, con el olvido de su historia y con el contagio de estilos afrancesados. Lugar al margen de los derechos fundamentales y, paradójicamente, centro de una sostenida preocupación minoritaria por el saber, por la expresión poética y por la filosofía.

En favor del Ateneo de la Juventud estaban las contradicciones de aquel México, las diferencias que apartaban el mundo de la aflicción cotidiana del aislado universo civilizador de los intelectuales. Con igual trascendencia proceden, de ese medio desigual, conquistas del derecho y logros de la razón. Sin las armas de la mayoría y el saber de los menos no hubiera sido posible la transformación contemporánea.

Tal contraste resulta explicable en nuestros días: en uno y otro extremos de la sociedad porfirista se habían radicalizado las necesidades; es decir, para los peones resultaba inaplazable el rescate de derechos fundamentales. Tan larga servidumbre invadió los linderos de la muerte, y la vida quedó reducida al trabajo extenuante, a la sobrevivencia sin esperanza. El ánimo pasó de la melancolía característica de la sumisión colonial a una progresiva inconformidad que estallaría en violencia sin tregua o cuartel. Los obreros, por otra parte, observaban los beneficios de su producción en tanto creaban una leve conciencia de su significado social.

1906 es uno de los años decisivos en la historia moderna de México: las voces y los hechos, en ámbitos y con expresiones diferentes, concurrían en la inconformidad irrefrenable. Ningún análisis del levantamiento armado sería completo sin esta referencia. El país sólo estaba unido por la oposición, aunque cada grupo repudiaba a Díaz por causas diferentes. De la hacienda al taller del artesano, de la fábrica a las aulas, de la imprenta al dibujo caricaturesco, corría un mismo clamor por la libertad.

Desde el pequeño despacho de Jesús T. Acevedo o en la biblioteca de Antonio Caso, los ateneístas abogaban en favor de la aptitud crítica urgidos de un nuevo modelo de disciplina moral, la cual auscultaban de Grecia a Goethe, de Cervantes a Nietzsche, de Chesterton a Croce o en voz de los poetas latinos. Era amplio su repertorio de lecturas, aunque concreto su propósito formativo: abolir los signos del pasado inmediato y conformar, por la vía de la razón, un porvenir honorable y digno, conforme a los términos de los más altos ejemplos del humanismo universal.

Sin tales recursos ideológicos, los obreros y los campesinos también aspiraban a otras conquistas de la civilización: las del respeto laboral, las contenidas en los derechos fundamentales del hombre, las cuales, a fin de cuentas, proceden de una misma fuente racional.

Si la minoría de letrados analizaba, críticamente, las desventuras del cientificismo que estrechaba la conciencia y las posibilidades del conocimiento, la mayoría, al margen del alfabeto, experimentaba las atrocidades de su servidumbre; jornadas de 18 horas de trabajo para los hombres y 16 para las mujeres; niños explotados; esclavitud disfrazada de tiendas de raya; altísima mortalidad, viviendas precarias y un mismo fin, carente de sentido individual, que sellaba la existencia desde el momento de nacer: trabajar para el hacendado o para el propietario extranjero de las minas, del ferrocarril, de las textileras o de las panaderías.

Si el intelectual razonaba su desesperanza, el peón comprobaba que la razón ajena es incapaz de dotar de sentido a la propia existencia. Así, por vías diferentes, aunque de procedencia semejante, unos y otros se preparaban para el cambio radical.

En rigor, poca diferencia existía entre obreros y campesinos. Al formarse la incipiente industria mexicana se aplicaron las condiciones del peonaje: eran los mismos hombres, históricamente, los del campo, los de las minas y los de las fábricas; malos salarios, idéntica explotación e iguales sanciones jurídicas para quienes "entorpecieran" el ritmo de la producción. Los derechos, según lo establecía la doctrina social, quedaban fundidos al beneficio económico y al privilegio, toda vez que los más aptos resultaban ser los representantes, nacionales y extranjeros, de la clase dirigente.

Los mayores levantamientos ocurrieron en Sonora, con los yaquis y, en Yucatán, con los mayas. Tan arraigado estaba el acomodo positivista en la mente de Porfirio Díaz, que en sus informes puede advertirse no sólo un concepto vago de nación, sino la certeza de que el territorio era campo de batalla, revestido de una paz sombría. Así, tales conflictos fueron referidos cual campaña del ejército en contra del *enemigo;* es decir, los campesinos mexicanos.

Al provenir de un mismo origen rural, los trabajadores cobraron conciencia de su situación por las dos vías naturales: la implícita del peonaje y la expresada por medio de las organizaciones artesanales. Cuando retorna Porfirio Díaz a la presidencia de la República, en 1884, ocurre en la ciudad de México la primera manifestación laboral, convocada por los artesanos, en la que participaron los campesinos. Esta fecha y tal suceso sellan el principio del llamado porfiriato, conforme el término difundido por Alfonso Reyes para designar la dictadura. Ésta de 1884 es la última expresión opositora compartida por campesinos y obreros.[11]

Veintidós años después, en 1906, llamarían al dictador "Héroe de la paz" por haber derrotado a los mayas en Chan Santa Cruz, pueblo limítrofe entre Yucatán y Quintana Roo. Esto significa que si la resistencia campesina fue penosa, la voluntad gubernamental de someter levantamientos era superior. Se trataba de proteger, a cualquier precio, los intereses privilegiados de los hacendados y, desde luego, las condiciones más deplorables de la explotación de la mano de obra.

1906 fue, también, el año de las 92 huelgas de los obreros de hilados y tejidos. El fallo de Díaz, corno árbitro de los trabajadores —enero de 1907—, fue para someterlos a las demandas

---

[11] Gastón García Cantú, *El socialismo en México,* Ediciones Era, México, 1969, pp. 117-119.

impuestas por los propietarios. Tal es el año de las exigencias mayoritarias que, cinco después, estallarían mediante una expresión revolucionaria.

De entonces datan el Manifiesto y el Programa del Partido Liberal y la celebración del primer centenario del natalicio de Benito Juárez. El obligado repaso de su biografía y la memoria de su obra dieron ocasión para reexaminar el espíritu de la Constitución de 1857. Los precursores de la Revolución mexicana tuvieron, así, argumentos para demandar el retorno a los fundamentos de la Reforma.

1906, no lo olvidemos, fue año de la fundación de la revista *Savia Moderna,* lo cual significa que aquellos jóvenes no padecían, en sus tareas intelectuales, limitaciones económicas semejantes a las de la mayoría de la población. A pesar de que a Alfonso Cravioto (1883-1955) lo encarcelaron alguna vez por sus sátiras en contra del gobierno de Díaz, no podría afirmarse que ellos conocieran, realmente, el acoso represor de la dictadura. La distancia entre el mundo privilegiado de la minoría y el trágico, infrahumano, de obreros y campesinos, no era solamente de índole espiritual, como también lo apuntara Lombardo Toledano, sino físicamente tangible y respecto de las posibilidades que unos y otros tenían para cobrar conciencia de su propio destino.

Las actividades del Ateneo de la Juventud no fueron, por tanto, producto de su curiosidad caprichosa. Una generación intelectual, casi siempre, se forma por necesidad, por reacción al medio o por solidaridad frente a la desventura o la celebración de algo de interés común. Lo revelador de este grupo fue la coincidencia del talento con la oportunidad de acción, el hallazgo de un guía espiritual de excepción y la voluntad de formarse de acuerdo con los principios del humanismo.

Reunidos en torno de la Sociedad de Conferencias, estos hombres ampliaron sus actividades para acercarse, académicamente, al mundo de los trabajadores. Salir del reducido espacio de sus lecturas discutidas por ellos mismos ensanchó, sin duda, el concepto de ética social que recogían dé las lecciones clásicas. Para ellos, no obstante, lo esencial era recobrar el conocimiento de los antiguos griegos para alimentar, con los más altos recursos, una era de reconstrucción nacional que ya esperaban. A diferencia de campesinos y de trabajadores, los intelectuales la creyeron posible mediante la cultura. De estos antecedentes, escribió Pedro Henríquez Ureña:

> En 1907, la juventud se presentó organizada en las sesiones públicas de la Sociedad de Conferencias. Ya había disciplina, crítica, método. El año fue decisivo: durante él acabó de desaparecer todo resto de positivismo en el grupo central de la juventud. De entonces data ese movimiento que, creciendo poco a poco, infiltrándose aquí y allá, en las cátedras, en los discursos, en los periódicos, en los libros, se hizo claro y pleno en 1910 con las conferencias del Ateneo (sobre todo en el final) y con el discurso universitario de don Justo Sierra, quien ya desde 1908, en su magistral oración sobre Barreda, se había revelado sabedor de todas las inquietudes metafísicas de la hora, Es, en suma, el movimiento cuya representación ha asumido ante el público Antonio Caso: la restauración de la filosofía, de su libertad y de sus derechos. La consumación acaba de alcanzarse con la entrada de la enseñanza filosófica en el *curriculum* de la Escuela Preparatoria.[12]

El antiguo régimen lo era al ser rebasado por un nuevo lenguaje ideológico y de acción política. La obra del espíritu de unos cuantos hombres se apegaba a la voz de la calle. Alfonso Reyes refiere que Díaz había entrado "en esa senda de soledad que es la vejez" y que, por ello, la dictadura expresaba síntomas de caducidad. Es probable. Lo cierto es que, históricamente, los regímenes totalitarios siguen el ritmo de las contradicciones sociales y, en ocasiones numerosamente repetidas en la América Latina, duran más de lo que la naturaleza parece consentir. El "caudillo de la paz", de la larga paz, como lo evoca Reyes, se aferraba al poder con leves tentativas electorales y el pueblo,

---

[12] Pedro Henríquez Ureña, "La cultura de...", p. 160.

"en el despertar de un sueño prolongado, quería ya escoger por sí mismo, quería ejercitar sus propias manos y saberse dueño de sus músculos."[13]

En "Pasado inmediato" no es difícil toparse con ejemplos del arraigado spencerianismo que los ateneístas se preciaban de haber superado. Como el organismo, la sociedad continuó siendo para casi todos ellos una entidad análoga a los seres vivos: enferman, caducan, mueren y reflejan síntomas de vigor o debilidad, según su estado de salud.

Visto así, resultaría que el del pueblo fue un estallido de sobrevivencia desesperada lo cual reduciría, considerablemente, el efecto que en la historia producen los contrastes, los movimientos transformadores de la lucha de clases y los móviles ideológicos de las revoluciones. Por significativo, es importante transcribir el siguiente párrafo de Reyes, publicado en 1941, en el cual se advierte que si bien su inteligente curiosidad lo transformó en hombre de letras, clásico ya de nuestro tiempo, él mismo no pudo sustraerse de las consideraciones doctrinarias de su juventud:

Estos gobiernos de longevidad tan característicos del siglo —Victoria, Francisco José, Nicolás— no sé qué virtud dormitiva traían consigo. Bajo el signo de Porfirio Díaz, en aquellos últimos tiempos, la historia se detiene, el advenir hace un alto. Ya en el país no sucedía nada o nada parecía suceder, sobre el plano de deslizamiento de aquella rutina solemne.

Los Científicos, dueños de la Escuela, habían derivado hacia la filosofía de Spencer, como otros positivistas, en otras tierras, derivaron hacia John Stuart Mill. A pesar de ser spencerianos, nuestros directores positivistas tenían miedo de la evolución, de la transformación. La historia, es decir, la sucesión de los hechos trascendentes para la vida de los pueblos, parecía una cosa remota, algo ya acabado para siempre; la historia parecía una parte de la prehistoria. México era un país maduro, no posible de cambio, en equili-

---

[13] Alfonso Reyes, "Pasado inmediato", p. 188.

brio final, en estado de civilización. México era la paz, entendida como especie de la inmovilidad, la *Pax augusta*. Al frente de México, casi como delegado divino, Porfirio Díaz, "Don Porfirio", de quien colgaban las cadenas que la fábula atribuía al padre de los dioses. Don Porfirio, que era, para la generación adulta de entonces, una norma del pensamiento sólo comparable a las nociones del tiempo y del espacio, algo como una categoría kantiana. Atlas que sostenía la República, hasta sus antiguos adversarios perdonaban en él al enemigo humano, por lo útil que era, para la paz de todos, su transfiguración mitológica.[14]

Ocurre que en el pensamiento crítico de Reyes, del propio Henríquez Ureña, de Antonio Caso y, con oscilaciones interesantes que iremos observando, en el de José Vasconcelos, no caben las consideraciones radicales de las luchas obreras y campesinas. Tales pensadores, tan apegados a la fuerza civilizadora de la razón, no dieron el salto de la política como teoría ética, norma y guía de la conducta de los pueblos, a su observación dialéctica de la realidad. En el caso de Vasconcelos, el tránsito fue hacia la acción y hasta la lucha electoral. Era más sencillo considerar el impulso del "resorte oprimido", el "envejecimiento de la paz", que reparar en el significado social de treinta años de levantamientos campesinos, de huelgas socavadas con miseria o con sangre, de la escandalosa mortalidad infantil debido a la insalubridad, a las duras jornadas laborales, a la desnutrición y también, aunque de improbable comprobación, al natural estado de desesperanza que reinaba en un medio amordazado.

De entre las dos generaciones, fue Lombardo Toledano el más sensible observador de los hechos que modifican la conciencia, de los sucesos sociales que se derivan de un sistema dictatorial. Mientras que para Reyes "el aire de afuera [...] estalló como una bomba" y la Revolución, lejos de "ser planeada", obedeció a un "crecimiento natural", para Lombardo Toledano

---

[14] Alfonso Reyes, "Pasado inmediato", pp. 188-189.

el fin de la dictadura y el ascenso revolucionario fueron experiencias individuales tan decisivas en su formación ideológica,
que a partir de entonces continuó alimentando aquellas dudas
hasta dar con explicaciones filosóficas, sociales, económicas y
políticas de esa realidad, mediante la teoría de la lucha de clases y la lógica dialéctica que vino a conocer hacia el final de la
década de los veinte.

Si el siglo xix terminó, política e históricamente, en 1906 con
las grandes huelgas de mineros y de tejedores, el xx comenzaba
en la campaña electoral de Francisco I. Madero. *La sucesión
presidencial* (1908) señaló el tránsito de una a otra épocas. En
tales páginas, Madero estableció la ruptura social con lo que,
en 1910, era ya el *antiguo régimen*. Ante la acumulación de las
armas y las primeras manifestaciones de la activa inconformidad, se tramaban indicios de una esperanza por venir mediante
argumentos laborales y agraristas.

Durante seis años, y sobre el saldo doloroso de un millón de
muertos, en México se luchó por llevar a cabo las reformas apla-
zadas desde las revoluciones de Independencia y de Reforma y
crear los medios jurídicos para una conciliación de clases,
mediante la Constitución de 1917. Al promulgarse, el último
soldado estadunidense de la invasión, al mando de Pershing,[15]
cruza la frontera. Entonces, y hasta 1920, se creyó posible el
establecimiento de un gobierno estable, capaz de equilibrar los
desajustes extremos del reciente levantamiento armado.

En su informe de 1918, Venustiano Carranza precisó las ideas
directrices de la política exterior.[16] Era el otro lado del problema nacional: si internamente la sociedad sufría el acoso de
caudillos y caciques, la desorganización productiva y su connatural descapitalización, divisiones frente al poder y múltiples efectos del reciente caos, respecto de la política interna-

---

[15] *La labor internacional de la Revolución constitucionalista,* sre, México, s. f.
(probablemente de 1918). Telegrama núm. 182, p. 385.
[16] *Ibidem,* pp. 489-490.

cional el panorama no era más favorable en relación, especialmente, con los Estados Unidos. De 1916 procede el telegrama circular que Cándido Aguilar, secretario de Relaciones Exteriores, enviara a los gobiernos latinoamericanos para exponer los problemas mexicanos causados por las intromisiones y las demandas de los estadunidenses.[17]

A diferencia del pasado inmediato, México poseía, hacia 1919, dos medios importantes para su desarrollo social: una Constitución política y una política exterior. Si la primera legitimaba, conforme a derecho, las demandas de la lucha armada, la segunda representaba la vasta experiencia anticolonial acumulada desde la época de Guadalupe Victoria hasta las decisiones de Benito Juárez. La nación había alcanzado valiosas definiciones jurídicas para hacer valer, con los derechos individuales, los derechos sociales. Éstos, según Mario de la Cueva, fueron los primeros en establecerse, constitucionalmente, en el mundo contemporáneo.[18]

Con frecuencia se ha afirmado que la Revolución mexicana careció de directrices ideológicas. Nada más falso. La obra de la cultura, a diferencia de los estallidos de inconformidad, no es ostensible ni inmediata. Bastaría repasar cómo se fue conformando el Estado, durante las luchas liberales del siglo XIX, para reconocer el alto valor de las ideas, a pesar de la ignorancia de la mayoría. Aunque al margen del universo de las lecturas, el iletrado recibe sus beneficios por diversos medios. Desde los tiempos de los antiguos mexicanos ha prevalecido entre nosotros una poderosa tradición oral que viaja a través de misteriosos correos y que, en su oportunidad histórica, cobra el sentido de la acción para el cambio. Nadie podría negar que hasta el más aislado de los mexicanos se enteró del significado dictatorial del "Orden y Progreso" o que, aunque ignorantes de los principios del positivismo, conocían la aplicación local de una doctrina de privilegios.

[17] *La labor internacional...*, pp. 287-290.
[18] "El derecho del trabajo", en *México y la Cultura,* México, 1946, p. 862.

Efectos igualmente intangibles tuvieron, indudablemente, los empeños críticos de los ateneístas. Su actividad no quedó reducida a los límites de la discusión privada. Si de las aulas procedió su inconformidad, también a ellas volvieron sus resultados. Pero también tuvo fuerza la obra de Justo Sierra, escritor y ministro de Instrucción, quien, desde veinticinco años atrás, pretendió educar a los mejores universitarios. No carecen de dramatismo algunas de sus frases alusivas al estado de la educación mexicana; a fin de crear la Universidad, en 1910, se requirió de años preparatorios para contar con alumnos y profesores de ese nivel. Acaso la generación de 1915 fuera de las primeras en recibir un legado dispuesto durante años. Al margen del retroceso propio de la dictadura, México aún arrastraba poderosas reminiscencias coloniales. Éstas, en verdad, eran las que combatían los ateneístas a nombre del humanismo. Sus propios antecedentes personales no les permitían arriesgadas oposiciones políticas. Su lucha fue en el terreno de las ideas y, desde allí, consolidaron cambios que a poco habrían de comprobarse.

Así, en 1917, Venustiano Carranza propone al poder legislativo la autonomía de la Universidad.[19] La fuerza de la Constitución requería, como lo dijo aquel presidente, de libertad e independencia educativa diferentes a las de la Universidad sometida al poder público, como lo fuera en los términos de su fundación por Justo Sierra. Su rector, José Natividad Macías, fue constituyente: dato para comprender el valor que, durante esos años, se daba a la educación como conquista política. También en ese año, Carranza creó el Departamento de Bellas Artes el cual, lustros después, sería el Instituto Nacional de Bellas Artes.

---

[19] En *La educación pública en México a través de los mensajes presidenciales desde la consumación de la independencia hasta nuestros días,* Prólogo de J. M. Puig Casauranc, Publicaciones de la SEP, México, 1926, se transcriben párrafos alusivos a la autonomía de la Universidad aunque no llegara a legalizarse entonces.
Véase "Venustiano Carranza. Septiembre lo. de 1918. 2o. año del 27º Congreso de la Unión", pp. 197 y ss:

En lo interno, la reconstrucción nacional no podía apartarse de la enseñanza; en lo externo, el fortalecimiento de actitudes opositoras al intervencionismo de los Estados Unidos para consolidar, no obstante el desequilibrio que aún prevalecía en el país, nuestra soberanía y las bases para el desarrollo.

Si los ateneístas tuvieron un papel protagónico en la ruptura cultural con el *antiguo régimen,* sus discípulos inmediatos, los de la Sociedad de Conferencias y Conciertos, serían los creadores de las instituciones. De los primeros destaca la obra de José Vasconcelos, su pasión compartida por la política y las letras y por protagonizar, más que ningún otro de sus coetáneos, un drama entre dos tiempos: el de la caída porfirista y el de los gobiernos de la Revolución. Tales tiempos son, también, los distintivos de una y otra generaciones. La primera, formada en torno de la figura de Henríquez Ureña, e inevitablemente, apegada no sólo a la biblioteca personal de Antonio Caso, sino a sus nuevas inclinaciones filosóficas para demoler el positivismo, traía consigo la verdadera herencia decimonónica de Gabino Barreda; la segunda, instruida, además, con las nuevas críticas a la pedagogía y a la doctrina social, sería la de una transición hacia la modernidad.

Los tiempos eran diferentes entre uno y otro grupos porque entre ellos mediaba el curso del levantamiento armado. Desde el ascenso electoral de Madero, los ateneístas se disgregaron en

En el año escolar de 1918 ha continuado el desarrollo de los estudios de especialización que establece el plan vigente, lo que ha hecho necesario aumentar el número ordinario de los profesores, que en la actualidad asciende a treinta y uno, y a los cuales se han agregado ocho que atienden el desempeño de igual número de cursos libres de diversas materias generales, por ellos mismos designadas. Todos ellos imparten la enseñanza a 539 alumnos. Teniendo presentes los visibles resultados de estos cursos libres y de la confianza que inspira el actual Gobierno y la labor desinteresada de la Universidad Nacional, varios ciudadanos han otorgado donativos permanentes, para pagar los honorarios de algunos de los profesores libres. Estos donativos, unidos al de la finada señora Isabel Pesado de Mier, hecho a la Escuela Nacional de Bellas Artes, contribuirán para que se realice la autonomía de la Universidad Nacional, formalmente instituida por la Constitución vigente.

diversas facciones revolucionarias: Alfonso Reyes, el más directamente afectado, se inclinó hacia el servicio diplomático después de la muerte de su padre durante la Decena Trágica, de la cual quedaría una dramática constancia literaria en su *Oración del 9 de febrero*.[20] Martín Luis Guzmán, con los ejércitos de Francisco Villa. A la caída de Madero, Vasconcelos salía desterrado por Victoriano Huerta hacia los Estados Unidos para retornar, al año siguiente, como ministro de Educación Pública del gobierno provisional del general Eulalio Gutiérrez, presidente de la Convención de Aguascalientes, con quien también habría de colaborar Julio Torri; entonces, con la tragedia familiar a cuestas y una difícil posición política, Alfonso Reyes parte hacia España. Antonio Caso y Nemesio García Naranjo permanecieron en la Universidad; ambos colaboraron en el gobierno de Victoriano Huerta, del cual García Naranjo sería ministro de Instrucción Pública.

La inestabilidad del país no sólo se reflejaba en la frecuente movilidad de los bandos armados; también los intelectuales pasaban de uno a otro grupo a pesar de que los sucesos demostraran frecuentes traiciones. Aliarse a Victoriano Huerta, por ejemplo, tras la Decena Trágica, resulta uno de los hechos más inexplicables, toda vez que esta generación abogaba por el nuevo humanismo, por la justicia y la libertad. Otros más congruentes, como Isidro Fabela, acudirían a la Convocatoria de Venustiano Carranza con el Plan de Guadalupe, destinado a combatir a Huerta. A partir del maderismo y durante el resto de sus vidas, la posición crítica de los intelectuales sería oscilante y, en no pocos casos, desbordada.

En realidad, pasados los años y apaciguado el torbellino del "acomodo" gubernamental, no resultan tan claras, como aquellos protagonistas las supusieron, las proposiciones críticas o las líneas del nuevo saber que tanto los animaran durante sus

---

[20] Alfonso Reyes, *Oración del 9 de febrero (Breve noticia de los sucesos del 9 de febrero de 1913)*, Prólogo de Gastón García Cantú, Ediciones Era, México, 1963 (Colección Alacena).

años juveniles. Al respecto, Octavio Paz examina este ajuste intelectual en la obra del Estado y un espíritu cortesano que ha invadido casi todas las esferas de la vida pública mexicana:

> Una vez cerrado el período militar de la Revolución, muchos jóvenes intelectuales —que no habían tenido la edad o la posibilidad de participar en la lucha armada— empezaron a colaborar con los gobiernos revolucionarios. El intelectual se convirtió en el consejero, secreto o público, del general analfabeto, del líder campesino o sindical, del caudillo en el poder. Los poetas estudiaron economía, los juristas sociología, los novelistas derecho internacional, pedagogía o agronomía. Con la excepción de los pintores —a los que se protegió de la mejor manera posible: entregándoles los muros públicos— el resto de la "inteligencia" fue utilizada para fines concretos e inmediatos; proyectos de leyes, planes de gobierno, misiones confidenciales, tareas educativas, fundación de escuelas y bancos de refacción agraria, etc. La diplomacia, el comercio exterior, la administración pública abrieron sus puertas a una "inteligencia" que venía de la clase media [...] Su obra ha sido, en muchos aspectos, admirable; al mismo tiempo, han perdido independencia y su crítica resulta diluida, a fuerza de prudencia o de maquiavelismo. La "inteligencia" mexicana, en su conjunto, no ha podido o no ha sabido utilizar las armas propias del intelectual: la crítica, el examen, el juicio. El resultado ha sido que el espíritu cortesano —producto natural, por lo visto, de toda revolución que se transforma en gobierno— ha invadido casi toda la esfera de la actividad pública.[21]

Tales generalidades casi se ajustan al destino de algunos ateneístas y de unos cuantos "sabios" de la generación de 1915. Sería difícil, sin embargo, suponer al espíritu cortesano producto de una incapacidad para utilizar la crítica. El de los intelectuales, como ocurre con toda la población, ha sido un problema social más profundo: las reminiscencias del colonialismo y su connatural espíritu conservador del cual, ciertamente, no se han salvado numerosos escritores. Por eso, el ejemplo de Vas-

---

[21] Octavio Paz, *El laberinto de la soledad*, FCE, México, 2ª ed. corregida y aumentada, 1973, pp. 140-141 (Colección Popular, 107).

concelos, más que desconcertar por sus apasionadas contradicciones, parece levantarse cual señal de advertencia cuando, en
política, se esgrimen arbitrariamente los valores del espíritu.

Ha sido más notorio el declive político del escritor mexicano que el de cualquier otro ser vinculado a las tareas intelectuales o a las artísticas. Esto es así por la vehemencia con la
que expresan juicios y por la fuerza que aplican en la emisión
de opiniones. Al escritor, especialmente en México, se le ha
asociado a una suerte de autoridad moral. No olvidemos que
el nuestro, a pesar de logros acumulados durante tres revoluciones —la de Independencia, la de Reforma y la de 1910—, sigue siendo un pueblo de iletrados, de mayoría de medias
letras y de un puñado de personas verdaderamente formadas
en el conocimiento.

José Vasconcelos, como hombre de dos tiempos históricos,
conservó, del Porfiriato, ciertos hábitos políticos que los hombres de la Revolución prolongaron mediante formas renovadas
del elogio al gobernante, por ejemplo; o por medio del acata-
miento del presidente como autoridad que decide por sobre la
Ley. Vasconcelos, durante la etapa del gobierno de Álvaro Obregón, reproduce los extremos de las dos épocas: ante Venustiano Carranza, el denuesto: expresión revolucionaria contra el
adversario; frente a Obregón, el elogio exaltado. Después de
1929 sólo quedarían en su vocabulario político, la injuria y el
desprecio. Tales actitudes coinciden con el ascenso de la oposición al gobierno, la que principia en 1917 al promulgarse la
Constitución y cobra ímpetu en la rebelión "cristera" de 1926.
Primero, los exiliados en los Estados Unidos; después, los opositores en el interior del país. Vasconcelos inflamó el lenguaje
de varias generaciones contra los gobiernos contemporáneos;
por eso su estilo y su vida revelaron, para algunos, la figura
excepcional del crítico y del profeta. Quizá el elogio más depu-
rado de su manera de ser, y de la expresión literaria que lo distingue, sea el que dijo en su presencia Jesús Guisa y Azevedo
en su discurso de ingreso a la Academia Mexicana:

[...] es, él solo, todo el México moderno, la afirmación y negación de todo, el afán de construir y la necesidad de destruir, la sed de novedades y el amor de lo tradicional, la originalidad de que es capaz el genio de la raza, la inquietud de México, la conciencia de Hispanoamérica, la defensa de nuestro ser, el custodio, vigilante siempre, de nuestro acervo hereditario, la afirmación más constante y lúcida de nuestro destino, *el más joven de nuestros escritores,* el hombre de la prontitud y de la premura, del ansia y de la urgencia, de la alegría y del alborozo, de ir para adueñarse de ella, a la verdad.[22]

Este párrafo ejemplifica las pasiones literarias que despertó Vasconcelos en hombres como Guisa y Azevedo quienes, en su ámbito, opusieron críticas a la Revolución mexicana y a sus hombres. No era nuevo el tono de alabanza a una personalidad; Guisa continuaba la ya habitual exaltación de su obra. Además de un carácter, al modo definido por Alfonso Reyes, José Vasconcelos era considerado, en su época, innovador de las letras de combate, personaje del desafío al poder. Vasconcelos era, en síntesis, el hombre de las maldiciones en una hora de singular violencia.

No deja de asombrar el que, a pesar de sus desafíos exacerbados a los hombres de poder, Vasconcelos hubiera sobrevivido a tantas muertes en torno suyo, por causas políticas menores a las que él emprendió: 52 generales, muchos vasconcelistas y opositores diversos... Como si estuviera protegido por un cerco de palabras, él criticaba y arengaba; enjuiciaba condenando y repartiendo amenazas eternas a los protagonistas del Mal, de la barbarie política y de la codicia sin fin; nada, nadie perturbaba aquella voz mesiánica: Vasconcelos, no obstante haber gritado, escrito y publicado "SU VERDAD" murió de su muerte a los 78 años de edad.

---

[22] Jesús Guisa y Azevedo, "El hombre y la lengua" (Discurso de recepción como individuo de número, pronunciado el día 31 de octubre de 1956), *Memorias de la Academia Mexicana Correspondiente de la Española,* t. xv: *Discursos Académicos,* Jus, México, 1956, p. 355.

Dear customer,

Thank you for purchasing an I.R.I.S. product! You now qualify to receive a **20% discount on your next I.R.I.S. product**! Interested? There are two simple ways to enjoy this fantastic deal:

1. Go to www.irislink.com/discountvoucher , select the product from our webshop and get an automatic 20% discount online.

2. Go back to your favorite retail store and purchase another I.R.I.S product*. Once you're home, Completely **cut off the I.R.I.S. logo** located on the facing of your new product box, fill out the form below, and prepare dated copies of your receipts/invoices** (for the first product purchased as well as the second product on which you'd like to get 20% off). Put all these in an envelope and mail to: **I.R.I.S. s.a., Marketing Department - 20% Discount Rue du Bosquet 10, 1348 Louvain-la-Neuve, Belgium.**

Title (check appropriate box)   ◯ Mr   ◯ Mrs   ◯ Miss

First name

Last name

Email

@

Street

Nr   Box

Zip code   Country

Phone   /   /
(Country code)   (Area code)   (Number)

1st product bought

2nd product bought

Do you wish to be kept up-to-date about I.R.I.S. new products and promos?   ◯ YES   ◯ NO

* From the following list:

Readiris™ Pro, Cardiris™ Pro, IRISCompressor™ IRISCompressor™ Pro, IRIScan™ Express, IRIScan™ Anywhere, IRIScan™ Book, IRIScan™ Book Executive, IRISCard™ Anywhere, IRISNotes™ Express, IRISNotes™ Executive, IRISNotes™ for Smartphones, IRISPen™ Express, IRISPen™ Executive, IRISPen™ Translator.

** No handwritten or altered invoices can be accepted. One submission per envelope only.

Non cumulative offer.

www.irislink.com

PRODUCTS & TECHNOLOGIES

T120202-04 - 765010457660

IRIS
Document to Knowledge™
PRODUCTS & TECHNOLOGIES

II. LA CAÍDA DE CARRANZA

En 1914 José Vasconcelos era, probablemente, agente confidencial de Venustiano Carranza,[1] no obstante haberlo omitido o negado en sus recuentos autobiográficos. Lo que entonces ocurre entre el abogado oaxaqueño de 32 años de edad e impreciso escritor todavía y el Presidente Constitucionalista es, acaso, el hecho más determinante de su personalidad política y literaria.

En abril de 1914, mientras se encontraba en la ciudad de Nueva York, Vasconcelos se entera de la invasión norteamericana a Veracruz y, sorpresivamente, envía a Carranza una misiva, con su relato de los hechos, conforme la interpretación del gobierno de los Estados Unidos. El siguiente párrafo anticipa al Vasconcelos conservador, susceptible de respuestas insólitas, que habría de caracterizar al autor de la *Breve historia de México* y, por sus efectos, al encendido escritor de páginas autobiográficas:

> [...] no tocaba otra cosa a nuestro partido que protestar contra la invasión del territorio nacional y la matanza de mexicanos. Esto debía hacerse aunque la protesta nos restase toda la simpatía de *quienes en verdad, han sido nuestros mejores amigos,* pero tal amistad no debía llevarnos a la deshonra, y por eso aplaudimos todos la protesta por Ud. formulada. Una *simple protesta* no hubiera complicado las cosas y sí habría levantado el prestigio de la Revolución; pero no debo dejar de informar que habiendo venido esa protesta acompañada de una *exigencia contraria a los hechos consumados y*

---

[1] Aunque los indicios parecen confirmarlo, no hay documentos que lo comprueben; sí los hay, en cambio, de que lo hubiera sido de Francisco I. Madero, aunque no se conocen, con precisión, la duración de su estancia en Washington y la índole de sus tareas políticas.

a la posibilidad en la conducta de este país, la referida nota de usted ha causado gran desorientación y aun la represalia que ya tomó el gobierno americano restableciendo el embargo de armas, como medida militar precautoria. Comprendo perfectamente la necesidad de adoptar una actitud decorosa ante el extranjero, pero la situación peligrosa que esto ha creado, hace indispensable que se emprendan negociaciones hábiles y rápidas que nos eviten un completo fracaso diplomático.[2]

Negociar la invasión de Veracruz, en vista de la superioridad militar de los estadunidenses, mitigaría, en cierto modo, el temerario desafío de Carranza y su insólita actitud defensiva la cual, como el propio Vasconcelos reconoce, sembraba de desconcierto al gobierno de los Estados Unidos. Este hecho, como ningún otro, demostraba al exterior el cambio mexicano, el surgimiento de un nuevo concepto nacional que habría de manifestarse, en poco tiempo, en la Constitución de 1917. García Cantú, al razonar la conducta de Vasconcelos, escribió que ese desconcierto no recayó sólo en los invasores, sino también en compatriotas que no comprendieron "de qué virtud salía un país diferente al que habían conocido":

La política de sacar partido de las humillaciones, de plegarse al más fuerte, de someterse paladeando la propia derrota para obtener las imágenes de la amargura, reflexionando sobre la inutilidad de la lucha, fue, en todo, su verdadera filosofía. De allí su desquite y su furia. No le perdonó a Carranza el haber hecho exactamente lo que debía; al desoír su advertencia, plegadiza a los Estados Unidos; vergonzante y temerosa. Puso el valor que nunca tuvo en su lengua y desató lo que llamó, sin escrúpulo ninguno, su venganza.[3]

---

[2] *Documentos históricos de la Revolución Mexicana,* t. II; *Revolución y régimen constitucionalista,* editados por la Comisión de Investigaciones Históricas de la Revolución Mexicana bajo la dirección de Isidro Fabela, FCE, México, 1962, pp. 71 y ss.

[3] Gastón García Cantú, *Las invasiones norteamericanas en México,* Era, México, 1971, p. 312 (Serie Popular Era, 13).

Al inicio de su misiva de abril 26 de 1914, Vasconcelos se dirige a Carranza con un "Muy respetable señor y distinguido amigo", y la primera frase es para confirmar lo escrito en sus tres cartas anteriores; es decir, su opinión respecto de los estadunidenses era exactamente la misma e igual su tendencia a disminuir el significado de la invasión en vista de que, según él,

Los EE.UU., provocados por los insultos a su bandera, se resolvieron a emplear la fuerza contra Huerta, y se decidieron a bloquear Veracruz y Tampico. Considerando que no existía guerra con México, no se decidieron a declarar un bloqueo que surtiera efectos contra el comercio internacional. Sin embargo, se creyeron obligados a detener el cargamento de armas que para Huerta conducía el vapor "Ipiranga". Deseando evitar fricciones con Alemania se resolvieron a dejar libre el curso del barco y en caso necesario, a apoderarse del cargamento en territorio mexicano. Con este objeto ordenaron al almirante de su marina que se apoderara de la Aduana de Veracruz y los demás edificios públicos que considerara necesarios. En consecuencia de estas órdenes, las fuerzas americanas desembarcaron en Veracruz, las tropas huertistas evacuaron la plaza y los vecinos del puerto, ratificando para su ciudad el dictado de heroica, hicieron lo que corresponde al mexicano cuando mira fuerzas extrañas en el suelo de la patria, disparar contra ellas.[4]

En realidad, Vasconcelos confirma la doble actitud que ha prevalecido en nuestros países latinoamericanos respecto de la intervención estadunidense en asuntos internos: unos son los que, por defender la soberanía y a nombre del derecho, repelen enérgicamente medidas de intromisión, y otros los que justifican formas imperialistas cual privilegio de superioridad política o militar de unas naciones sobre otras. El "cauteloso pensamiento" de Vasconcelos, como lo supuso Isidro Fabela, hubiera quedado satisfecho con una simple protesta del Gobierno Constitucionalista, para no complicar las cosas; sin embargo, Carranza no ignoraba lo que esa simple medida con-

[4] *Documentos históricos..., op. cit.,* pp. 71-72.

ciliatoria, en apariencia, hubiera representado para nuestro país. No se trataba de discutir las causas de la abierta invasión, sino de combatirla, a pesar de que el nombre de Victoriano Huerta apareciera en el conflicto.

Basta repasar sus memorias —*Ulises criollo, El desastre* y *La tormenta*— para corroborar la tendencia de Vasconcelos a confundir a las personas con los problemas nacionales. Este ejemplo fue el primero y, desde luego, el más revelador. Él esperaba, sin duda, que Carranza cambiara su estrategia política con los Estados Unidos al convencerse de la buena voluntad con que nuestros vecinos entraban, armados, a nuestro país para reducir al asesino de Madero.

La respuesta que con los hechos le diera el presidente Carranza, fue una lección moral que jamás le perdonaría Vasconcelos: reforzar el antimperialismo; exigir, una y otra vez, el retiro de tropas estadunidenses del territorio nacional; apegarse a los principios constitucionalistas y, como se enterara Vasconcelos en Nueva York por medio del agente de la Revolución en Washington, Roberto Pesqueira Morales, enviar un nuevo agente confidencial del Ejecutivo hacia los Estados Unidos: Rafael Zubaran Capmany.

En la citada misiva ya es notoria la diferencia de posiciones de uno y otro. En los últimos párrafos Vasconcelos informa a Carranza respecto de una entrevista que tuvo, la noche anterior, con Pesqueira —de la cual dice enviar copia del contenido—. Al enterarse de la llegada del nuevo agente, dejó caer el primer destello de inconformidad que no tardaría en convertirse en "su venganza".

En esa conferencia supe que ya venía un agente especial y mucho lo celebro, pues estoy seguro de que esa persona por su capacidad y demás condiciones alcanzará éxito lisonjero. Con la venida de esta persona se evitará que continúe cierto desorden que ha existido, a causa del cual se han multiplicado entrevistas de periódicos y declaraciones sobre este delicado asunto, formuladas por personas de capacidad y buena intención, pero desautorizadas y, muchas veces, desacordes. Esto, principalmente, causa mala impresión, pues los funcionarios americanos han llegado a sentir que les es difícil conocer con quién deben tratar, entre las muchas personas que suponen más o menos cercanas a la política de usted.[5]

Hombre de derecho, de principios nacionales y firme en sus decisiones, Carranza no transigió en ningún aspecto que afectara la legalidad del país. La diferencia de carácter entre ambos arrastró a Vasconcelos hasta la deserción del Constitucionalismo. El oaxaqueño llegó a asegurar que Carranza lo desterró del país, sin que existan pruebas de ello, y que por eso permaneció una larga temporada en los Estados Unidos, después de 1914. Éste es el antecedente que explica la adhesión entusiasta de Vasconcelos al Plan de Agua Prieta, por la cual su destino político ascendió al poder con el grupo sonorense.

Su breve participación en el efímero gobierno de Eulalio Gutiérrez no le creó suficientes méritos para convertirse, en 1920, en ministro y luego fundador de la Secretaría de Educación Pública. Su verdadera fuerza frente a Obregón comenzó en 1914 y con la posterior arremetida contra Carranza mediante artículos periodísticos, mismos que compiló, con los otros de Enrique González Martínez, Antonio I. Villarreal,[6] Jesús Urueta, etc., y con telegramas, discursos y documentos tendientes a exaltar la figura obregonista, en *La caída de Carranza,* libro que fuera referido como al paso, en *La tormenta.*

El poder de la nación, hacia 1919, parecía estar en manos de Venustiano Carranza; sin embargo, la proximidad de las elecciones presidenciales dividió a los jefes del ejército en grupos

---

[5] *Documentos históricos..., op. cit.,* p. 73.

[6] Antonio I. Villarreal (1879-1944), precursor de la Revolución desde 1906; miembro del Partido Liberal y exiliado, por ello, en los Estados Unidos. Candidato a la presidencia de la República en 1929, igual que José Vasconcelos y Pascual Ortiz Rubio. Fue asimismo compañero de gabinete de Vasconcelos durante los gobiernos de De la Huerta y Obregón, con quien rompió, en 1923, para levantarse en armas.

de intereses personales contrapuestos entre sí. El más significado de ellos, entonces, fue Álvaro Obregón, visible caudillo del grupo sonorense, en el cual destacaban Plutarco Elías Calles, Benjamín Hill y Adolfo de la Huerta. Decididos a no ceder en su lucha por el poder y a combatir a fondo el signo carrancista, los obregonistas también se empeñaron en desprestigiar al ingeniero Ignacio Bonillas, candidato a la Presidencia y leal a Carranza, maderista y, de 1917 a 1920, embajador de México en los Estados Unidos.

1920 fue año de enconados enfrentamientos. Si los militares hacían del país un fácil territorio para manifestar su codicia, algunos intelectuales también se aprovechaban de esta hora de odios y de rivalidades para entrar en el acomodo de los gobiernos de la Revolución. Con semejante frecuencia se dejaban oír balaceras y adjetivos: las dos armas que, a fin de cuentas, llevaron a la tumba a Venustiano Carranza.

Dos hechos, por sobre el cúmulo de episodios, destacaban entonces: el *Manifiesto* de Álvaro Obregón y las páginas de José Vasconcelos en contra de la que llamó "corrompida dictadura carrancista".

Si al primero se aliaban los hombres de armas, al segundo los de la pluma o del lenguaje académico. Sendos hechos quedaron en dos testimonios respectivos y, hoy, aleccionadores: el Plan de Agua Prieta* y *La caída de Carranza,* en cuyo prólogo escribió Vasconcelos:

> El fracaso notorio en todas las ramas de la administración, el mal corazón y la poca inteligencia del señor Carranza; la sangre que derramó, las arcas que vaciaba sin razón y sin cuenta, todo esto fue causa de que Carranza se desprestigiara y se hiciera odioso; pero la pretensión de imponer un sucesor indigno, un sucesor que era como otro Carranza, elevó a tal punto la indignación pública, que la revolución se hizo inevitable, y con ella sobrevino la caída y después la muerte del más nefasto, el más corrompido; el último de

---

* Véase el Apéndice v, p. 189.

nuestros dictadores [...] El derrocamiento del carrancismo fue obra de las ideas más que de las armas, y puede afirmarse que resultó de una explosión de las conciencias indignadas. Se realizó sin batallas. Los mismos que antes habían combatido con la espada, comprendieron que en aquellos momentos era más eficaz el poder de la idea, y convirtiéndose en oradores y en periodistas.[7]

Registro elocuente de aquellos sucesos que terminaron con el asesinato de Venustiano Carranza, el 21 de mayo de 1920 en Tlaxcalaltongo, Puebla. Extraña manera de ver un supuesto tránsito entre la espada y la pluma. Conforme al contenido de *La caída de Carranza,* no hay duda: el soldado disparó su fusil y el intelectual, al margen de las armas, se valió de la pluma. Ni el uno ni el otro pasaron a desempeñar sendos quehaceres. Eso, acaso, lo escribió Vasconcelos para reforzar su certeza de que "todos" estaban contra Carranza, especialmente "los mejores" hombres. Ningún carrancista se libraría del adjetivo hiriente o de la injuria envilecida. El ensañamiento contra Luis Cabrera, el solitario e independiente intelectual[8] que sirviera al país como ministro de Hacienda, fue uno de los centros de ataque de su preferencia.

En el compendio de Vasconcelos no faltaron las agresivas páginas de Enrique González Martínez en su contra. Las transcritas de *El Heraldo de México,* de junio de 1920 —"Lo que se ve detrás de las memorias de Cabrera. El ex ministro pide para su santo" y "Un balance sin pasivo. Lo que se ve y no se ve en las memorias de Cabrera"—, podrían integrarse a la antología del peor periodismo mexicano. En ese tiempo, Luis Cabrera publicó un libro excepcional en nuestro medio, *La herencia de*

---

[7] José Vasconcelos, *La caída de Carranza. De la dictadura a la libertad,* Imprenta Murguía, México, 1920, pp. VI y VI.

[8] Cabrera había publicado, a más de notables artículos desde 1909, la versión de *El cantar de los cantares,* edición privada del autor, en 1919; 48 páginas de texto y 30 de notas. Admirable versión en nuestro idioma, resultado de la compulsa del texto hebreo y de la Vulgata. Como se sabe, Cabrera habló y tradujo ocho idiomas.

Carranza,[9] por entregas, en *Excélsior,* bajo el seudónimo de Licenciado Blas Urrea. El citado diario sólo reprodujo una parte. La terminación del penúltimo y el último capítulos no fueron publicados entonces porque, según el prudente juicio del director del diario, Rafael Alducín, implicaban un alto riesgo dada la violencia política de la hora. Para comprender tal peligro resulta imprescindible transcribir un párrafo de la Carta-prólogo de Blas Urrea:

> [...] antes de la revolución de 1910 el señor Cabrera nunca había sido empleado público, y si ayudó al régimen del Sr. Madero hasta la muerte de éste y si más tarde colaboró con el Primer Jefe de la Revolución Constitucionalista fue porque creyó de su deber consagrar alguna parte de su tiempo y de sus energías a la solución de los problemas sociales que traía consigo la revolución, pero nunca porque pensara dedicarse profesionalmente a la cosa pública. Cabrera fue un colaborador leal y firme del señor Carranza desde 1913 hasta el último día de su gobierno como Presidente, pues veía en él al hombre que mejor encarnaba los ideales de igualdad social y de autonomía política, que veníamos persiguiendo los mexicanos. Y tan estrechos fueron los vínculos políticos de ambos, que desde 1914, en época de la Convención, ya algunos tachaban a Cabrera de incondicionalismo considerándolo ligado única y exclusivamente al señor Carranza. Nada tiene pues de extraño que a la muerte de éste, Cabrera realice con mayoría de razón los propósitos de retirarse a la vida privada.[10]

En lugar de hacer la crítica que Vasconcelos, como ateneísta, decía defender como parte de los atributos del humanismo, incurrió en la difamación más abyecta y en el acomodo de posiciones políticas, según las oscilaciones apasionadas de su circunstancia. Por causas incomprensibles, este aspecto del carácter intelectual de Vasconcelos ha sido omitido, disminuido y

---

[9] Luis Cabrera, *La herencia de Carranza,* Talleres Gráficos de la Imprenta Nacional, S. A., México, 1920.
[10] *Ibidem,* p. 4.

hasta disfrazado en los numerosos ensayos que nuestros estudiosos contemporáneos le han dedicado. Fue Isidro Fabela, a través de los documentos históricos, quien primero advirtió una peligrosa mentalidad reaccionaria en el abogado oaxaqueño; después, mediante argumentos críticos, Gastón García Cantú habría de definirlo como el "ideólogo de la derecha" no sólo por sus gestos anticarrancistas, sino por su *Breve historia de México,* cuya interpretación fuera compendio de Lucas Alamán, de Carlos Pereyra y de sus propios apasionamientos y, finalmente, por sus páginas últimas en contra de la vida: "La B-H":

> El fuego es un baño de aseo que nos devolverá una naturaleza libre de excrecencias y también de superestructuras; bella naturaleza como la del Sol, que vive de incendio. El fuego es el resultado de la fisura de los elementos que al reunirse para construir, fueron a dar con el callejón sin salida que es la vida [...] Quizá ya lo único que merece el planeta es arder. Quizás no hay otro escape hacia la salud. Los fariseos de la libertad, la igualdad, la fraternidad, andan espantados de su obra y ambicionan ponerse de acuerdo [...][11]

Ejemplo, éste, de sus estallidos emocionales. Un temperamento así, gobernado por resentimientos o por odios recogidos al paso, no estaba dotado para expresar juicios políticos confiables. El Vasconcelos de *El Proconsulado,* el de *La tormenta,* el de *En el ocaso de mi vida* o el *De Robinson a Odiseo,* no era, en lo sustancial, diferente al autor de artículos periodísticos difamatorios. Desde los días de Carranza fue claro el hecho de que el oaxaqueño protagonizaba el ya dicho drama de dos tiempos; uno, su origen como crítico y porfirista enriquecido con el gran hallazgo espiritual de Madero; otro, el de la Revolución, cuyos principios ideológicos chocaban, en todo, con su trasfondo conservador. Tal dualidad, más que nunca, se extre-

---

[11] José Vasconcelos, *En el ocaso de mi vida,* "La B-H", transcrito por Gastón García Cantú, *El pensamiento de la reacción mexicana. Historia documental 1810-1962,* México, Empresas Editoriales, 1965, p. 970.

maba durante el caos nacional. No apelaba a la legalidad en sí, sino que, ante Cabrera y Carranza, ya anticipaba al enardecido autor del Plan de Guaymas que sería, al paso del tiempo, el documento más revelador de sus desórdenes ideológicos. Hombre de indudables pasiones, como todo creador, su energía se orientaba a la obra civilizadora o al afán devastador, con idéntico empeño, conforme la guía de sus emociones.

Entre los ateneístas, fue el suyo uno de los destinos más contrastantes y el único del grupo que habría de tener confrontaciones públicas trascendentes. Nadie, como él, gozaría del inmediato reconocimiento, antes y después de su obra como educador; pero tampoco alguno de ellos sería objeto de repudio o de escándalo como lo fuera el posterior candidato a la Presidencia, tras su sangrienta derrota. Hombre de extremos irreconciliables, no sería el indicado para lograr la síntesis histórica de su circunstancia, durante el periodo carrancista; tal empresa sería realizada por un escritor independiente, al margen de grupos o de corrientes intelectuales: el ya mencionado Luis Cabrera, la figura más combatida, después de Venustiano Carranza y de Bonillas, no obstante sus calidades de excepción.

Entre *La caída de Carranza* y *La herencia de Carranza* quedó el sello de dos posiciones políticas opuestas. Lo que en Cabrera era explicación, en Vasconcelos adquiría un tono de desbordamiento; lo que en el ex secretario de Hacienda se manifestaba cual efecto político de una época de desorden y de lucha por el poder —"la revolución es la revolución"—, en el autor de artículos periódicos aparecía como juicio moral de un poseedor del bien y de la verdad quien, consciente de su destino mesiánico, combatía los signos nefastos de modo primario, aunque, por ello, no menos peligroso. Algunos párrafos de "No permanezcamos neutrales", uno de sus artículos de 1920, durante la lucha electoral, sirvieron para difundir términos adjetivados en contra de Carranza y de sus funcionarios de gobierno:

El poder, es verdad, se lo disputan los empleados de la Administación Carrancista y un candidato del pueblo. Para ser candidato se necesita tener personalidad propia, se necesita ser libre. Para ser carrancista se necesita combinar el incondicionalismo del Pastor Rouaix con la estulticia de Aguirre Berlanga. Sólo los mediocres y los serviles han podido soportar la necesidad infinita del jefe del carrancismo. Por eso, Carranza no ha podido integrar un gabinete, y a excepción de Cabrera, que es un esclavo bien pagado y mal tratado, los carrancistas no son más que nulidades. Carranza ha empobrecido a México; pero ha enriquecido el idioma. Mientras la lengua castellana haga oír en el mundo sus melodiosos acentos, Carranza será recordado por haber suministrado la raíz de un nuevo verbo, el verbo CARRANCEAR. En el caló mexicano, CARRANCEAR es lo mismo que hurtar. Por eso los revolucionarios de buena fe y los revolucionarios ilustrados fueron dejando a Carranza; pero no sin que antes Carranza lograra privarlos del poder, privarlos de la vida, privarlos de la libertad, privarlos de todo lo que podía quitarles, hasta no dejarnos a muchos más que el honor, grande por cierto, de ser sus enemigos.[12]

Notable reducción simplista de una de las más complejas etapas de la historia contemporánea de México. Descapitalizado, acosado por las sublevaciones de caudillos militares, presionado por la intervención estadunidense, el país iniciaba, con enormes dificultades, un orden constitucional recién instituido. El dilema de Carranza era claro: ceder a las demandas del grupo sonorense, con Álvaro Obregón a la cabeza, o establecer un orden legal en la sucesión del Poder Ejecutivo. Lo fundamental, en todo caso, era apartar la política nacional del caudillismo y de las reminiscencias armadas.

Carranza pretendió combatir al militarismo en el poder. Como lo confiara a Vicente Blasco Ibáñez, quien entonces preparaba una obra sobre México, muy pocos civiles fueron presidentes en el país:

[12] José Vasconcelos, *La caída de Carranza, op. cit.,* pp. 63-64.

Es preciso que esto acabe, para bien de Méjico, deseo que me suceda en la Presidencia un hombre civil, un hombre moderno y progresivo que mantenga la paz en el país y facilite su desarrollo económico. Hora es ya de que Méjico empiece a vivir como los otros pueblos.[13]

Tal lucha civilista —emprendida a partir del ideal de la Constitución— era compartida por miembros del recién creado Partido Nacional Democrático, presidido por Luis Manuel Rojas, quien sería autor de importantes libros sobre la intromisión de Henry Lane Wilson en contra de Madero: *México pide justicia. ¡Yo acuso al embajador Lane Wilson...! Su enjuiciamiento criminal para decidir si hubo difamación contra el embajador americano, y alta traición a la Patria* (México, 1926), y *La culpa de Henry Lane Wilson en el gran desastre de México* (1928), y uno de los fundadores de *Revista de Revistas* y de la *Gaceta de Guadalajara.* Fue Rojas, justamente, el presidente del Consejo Constituyente de 1917.

El Partido Nacional Democrático postuló candidato a la Presidencia (1920) al ingeniero Ignacio L. Bonillas, a quien llamara Vasconcelos "títere de Carranza". Para entender el conflicto entre el civilismo del presidente Carranza, durante los preparativos para elegir candidatos, y los propósitos del grupo sonorense, es necesario recurrir a las páginas de Alfonso Taracena[14] para seguir pormenores de una historia militar y el trágico fin del propio Carranza.

Ésta fue una lucha de 60 días: desde la llegada a Laredo de Ignacio L. Bonillas, el 17 de marzo de 1920, hasta el asesinato de Carranza, en Tlaxcalaltongo, el 21 de mayo de ese año.

El itinerario de la caída de Carranza revela la forma soste-

---

[13] Enrique Krauze, *Puente entre siglos. Venustiano Carranza,* investigación iconográfica de Aurelio de los Reyes; asistente de investigación: Margarita de Orellana, FCE, México, 1987 (Biografía del Poder, 5), p. 151.

[14] Alfonso Taracena, *La verdadera Revolución mexicana. Sexta etapa (1918-1920),* Editorial Jus, México, 1961 (Figuras y Episodios de la Historia de México, 93), pp. 204 y ss.

nida del golpe de Estado del grupo sonorense en lo político y lo militar.*

A causa de la lucha electoral entre civilistas y militaristas, el de 1920 es uno de los periodos más confusos de nuestra historia y el que, sin duda, ha provocado los mayores apasionamientos nacionales.

La figura de Álvaro Obregón, inclusive en nuestros días, continúa asociada a la de un caudillo casi heroico, de difícil examen, ya que su triunfo sobre Carranza no fue sólo de índole personal: a Obregón siguieron, en la presidencia de la República, cinco militares, a pesar de que, con pretexto de la rebelión delahuertista, decenas de jefes del ejército fueron asesinados.

Durante estos seis años, a partir del oscuro distanciamiento de 1914, José Vasconcelos se adjudicó el cargo de acusador y juez de Venustiano Carranza. Tal fase de su biografía, casi ignorada, constituye el puente indispensable para comprenderlo no sólo como escritor político, sino como ministro del gobierno de Álvaro Obregón. *La tormenta,* especialmente, abunda en datos que, a veces, aclaran más una posición interesada de su autor que un supuesto principio político, ligado al espíritu del maderismo. Esto ocurre porque la trama autobiográfica parece anudada no por hechos históricos en sí, sino por su primera pasión amorosa: Adriana, con quien viaja a Washington, a París, a Nueva York..., y en cuya figura queda desvanecida la importancia real que él tuviera como representante diplomático —o agente confidencial del Primer Jefe del Ejército Constitucionalista—. Su autobiografía parece escrita para destacar la propia representatividad en diversos conflictos nacionales: de ahí el riesgo de aceptar su veracidad, toda vez que muy pocos sucesos y menos documentos podrían encontrarse para avalar sus afirmaciones.

Hasta 1920, hay que insistir en ello, Vasconcelos era un

* Véase el Apéndice I, p. 171.

abogado de prestigio con inclinaciones filosóficas, más conocido por conferencista, aunque ya hubiera indicios del que sería estilo autobiográfico a través del ensayo, tramado de sentencias morales y de emoción adjetivada. Antes de examinar sus artículos reunidos en *La caída de Carranza,* acaso los que verdaderamente le dieron notoriedad en ese año, veamos cual era su obra hasta entonces:

Teoría dinámica del derecho, folleto de 22 páginas; tesis profesional con la que obtuvo el grado de licenciado en derecho, en 1907.[15]

Dos conferencias:[16] "Don Gabino Barreda y las ideas contemporáneas", dictada en 1910, en el Ateneo de la Juventud, y "El movimiento intelectual contemporáneo en México", del 26 de julio de 1916, leída en la Universidad de San Marcos, de Lima, Perú.

Pitágoras (Una teoría del ritmo)[17] cuya primera edición de La Habana, 1916, fuera aumentada y corregida en 1921, para Editorial Cvltvra, ya que las notas de la segunda parte del ensayo no pudieron ser incluidas en la edición de 1916, "porque el autor se encontraba desterrado en la ciudad de Nueva York y las comunicaciones con México estaban interrumpidas", según él mismo escribió en el prólogo, fechado enero de 1921.[18]

Esta simple afirmación, una de tantas contradicciones que aparecen en sus escritos, sugiere dudas respecto de su veracidad. Tales dudas, vinculadas a los sucesos en torno de su conflictiva relación con Venustiano Carranza, nos obligan a considerar ciertos aspectos que, por desmentir sus afirmaciones, aclaran algo de esta oscura etapa de su biografía: el primero nos remonta a las cartas citadas en páginas anteriores, las escritas a propósito de la invasión estadunidense a Veracruz,

---

[15] José Joaquín Blanco, *Se llamaba Vasconcelos. Una evocación crítica,* FCE, México, 1977, pp. 35 y 36.

[16] *Ibid.,* pp. 43 y 46.

[17] *O. C.,* t. III, pp. 9-86.

[18] *Idem.,* p. 9.

en abril de 1914, de cuyos efectos se desprende la causa del imposible "destierro" que le infligiera el Primer Jefe del Ejército Constitucionalista, don Venustiano Carranza.

Si, como Vasconcelos lo afirmara, padecía *destierro* en los Estados Unidos, resultan incomprensibles sus evocaciones de la Convención de Aguascalientes, celebrada, en esa ciudad, del 10 de octubre al 9 de noviembre de 1914. No sólo estuvo allí, sino que de allí saldría, en pocos días, su nombramiento como ministro de Educación del fugaz gobierno de Eulalio Gutiérrez (3 de noviembre de 1914-16 de enero de 1915). Esto significa que en ningún caso estuvo *desterrado,* como ya se dijo. "Regresé a Nueva York (de Washington) resuelto a volver a México por mi cuenta, sin contacto con carrancistas ni villistas", escribió en *La tormenta.* Otro antecedente: al triunfo del Constitucionalismo, Carranza mismo lo nombró director de la Escuela Nacional Preparatoria. Otro disgusto entre ellos habría de empeorar su tensa relación ya que, en pocas semanas, sería cesado por no pronunciarse en contra de Villa y de Zapata, caudillos a los que pretendía someter el carrancismo para iniciar el orden en el país.

> Pese a su odio por esos caudillos —escribió José Joaquín Blanco—, Vasconcelos reconocía que eran ellos quienes estaban haciendo la Revolución, mientras Carranza le parecía una especie de bufonesco emperador de la barba florida ocupado casi exclusivamente de emperifollarse para desfilar galantemente por las plazas que Villa y Zapata conquistaban.[19]

No sólo eso; Carranza, "el de las uñas listas", protagonizaba, para el influyente abogado oaxaqueño, el símbolo del mal y el del desprecio. Al cese como director de la Preparatoria siguió, al parecer, una orden de aprehensión por parte de los carrancistas y,

> nuevo prisionero de Zenda, el 16 de octubre de 1914 Vasconcelos huyó de la cárcel carrancista descolgándose desde la ventana de su

---

[19] José Joaquín Blanco, *Se llamaba Vasconcelos..., op. cit.,* p. 64.

celda por sábanas anudadas, mientras una bella mujer entretenía amorosamente a los policías. Se dirigió a Aguascalientes, a la Convención.[20]

Tales pasajes, en *La tormenta,* no son del todo claros: evocados después de 24 años, estos episodios están guiados por la antipatía acumulada, por el rencor mascullado durante dos décadas. Con frecuencia mezcla el término "carranclanes" al de don Venustiano, cual obvia contradicción de sentimientos entre el Vasconcelos protagonista y el escritor resentido.

La tormenta (1938), casi en su totalidad, está dedicada a revisar "uno de los periodos más confusos, perversos y destructores de cuantos ha vivido la nación; y también la época más dispersa, pecadora y estéril de mi vida"[21] es decir, el de la revolución armada, a partir del efecto del cuartelazo de Victoriano Huerta hasta el ascenso de Plutarco Elías Calles. Una buena parte de la obra, sin embargo, refiere pormenores de sus repudios personales; especialmente la inquina contra Carranza y su sombra política, a quien responsabiliza, directamente, de su salida del país, aunque nunca —no obstante largas descripciones sobre las vicisitudes ocurridas durante el breve gobierno de Eulalio Gutiérrez— se encuentran pasajes en los que el Jefe del Ejército Constitucionalista determinara, concretamente, su destierro:

> Expulsado de mi país por las balas de Carranza y por el asco de la situación que triunfaba, me encerré en la Biblioteca de Nueva York y allí tuve por patria a la filosofía griega.[22]

"El asco de la situación que triunfaba" fue, acaso, el móvil de su salida. Vasconcelos era muy dado a confundir una impresión emotiva o moralista con la realidad histórica; sólo que, en este caso, tal confusión tiene implicaciones políticas de

---

[20] José Joaquín Blanco, *Se llamaba Vasconcelos..., op. cit.,* p. 64.
[21] José Vasconcelos, "Preámbulo" a *La tormenta, O. C.,* t. I; *idem.,* p. 724.
[22] *Ibid.,* p. 993.

suma gravedad: decirse desterrado era una manera de confirmar las particularidades de dictador con las que afectaba a
Carranza y, al conceder a su enemigo el supuesto capricho de
expulsar del país a un ateneísta —él mismo—, símbolo del bien
y víctima perseguida, Vasconcelos agregaba argumentos para
enriquecer su semblanza como Prometeo acosado, profeta que
"anuncia a los pueblos la verdad y la justicia", según él mismo
llegó a considerarse desde muy joven, sólo que "la incomprensión de los demás" fue orillándolo a un estado de autocom-
pasión y de "asco" por cuanto lo rodeaba hasta abominar de
esa "masa de bárbaros", indios irredentos, que pretendió educar alguna vez:

> Las masas embrutecidas no engendran profetas: y si llegan a tener-
> los no los comprenden; oyen sus palabras y aun simulan apro-
> barlas; pero no actúan. Separan el ideal de la práctica y esto es ya
> degradación y estulticia. Pues la palabra noble ha de mover el áni-
> mo; de otro modo se vuelve farsa.[23]

Si alguien asumió la tarea de desprestigiar a Carranza fue él
precisamente y por ello sería premiado, en pocos meses, con un
nuevo nombramiento durante el régimen provisional de Adolfo de la Huerta: enlace decisivo para el gabinete de su entonces
admirado Álvaro Obregón de quien habría de afirmar, en "No
permanezcamos neutrales", algo que después procuró olvidar:

> ¡SER OBREGONISTA HOY ES COMO HABER SIDO MADERISTA AYER!
> Debemos ser obregonistas, soy obregonista. ¡Proclamarlo es un
> deber!... [24]

No habría de pasar mucho tiempo para que tales palabras
se transformaran en un juicio contrario. Poseedor de una prosa
ágil, con indudables aptitudes narrativas y capacidad persuasi-
va, Vasconcelos tenía una inteligencia educada, de una parte,

---

[23] José Vasconcelos, "Preámbulo" a *La tormenta, op. cit.,* p. 725.
[24] José Vasconcelos, *La caída de Carranza, op. cit.,* p. 63.

por el ideal del humanismo y, de otra, rebasada por la fuerza de sus emociones; es decir, lejos de alcanzar el equilibrio totalizador que anunciara en *El monismo estético* (1918), su talento podía incurrir en conductas similares a las de la barbarie que tanto detestaba. Sus juicios eran radicales, carentes de la mesura propia del humanista o del observador político y de la prudencia del pensador que actúa conforme a principios e imperativos morales. En ese mismo artículo, en su párrafo inicial, lanzó una premisa peligrosa ya que, con su experiencia, podría desmentirse: "No sólo nuestras instituciones, no sólo nuestras libertades (desde hace tiempo holladas), nuestra Patria misma y nuestro porvenir están en peligro".[25]

Si en *El monismo estético* —obra desigual formada con dos ensayos y una conferencia—, aspiraba a crear un *sistema* estético, análogo al musical, sólo que con el agregado de un "yo redentor", en el periodismo incurría en esa suerte de desequilibrio que tanto lo intimidaba por apartarlo de las actividades "exclusivamente espirituales". En 1920 estaban trazadas, con claridad, las dos líneas del Vasconcelos educador/escritor político/profeta desencantado. Una, casi transparente en "Arte creador", lectura de diciembre de 1916, en la Sociedad de Bellas Artes de Lima, que anticipa los afanes de *De Robinson a Odiseo,* de *La raza cósmica* y, particularmente, del fondo espiritual que sustentaba su tesis de una nueva civilización mestiza, la cultura americana original y redentora, de cuya raza nueva, mezclada, habría de provenir la esperanza de expresiones originales:

> [...] aquí [en América] no se trata de elegir o de cultivar una escuela, sino de crearla; los maestros americanos están llamados a ser iniciadores de tradición [...] Complicado es el *Pathos* estético de estos pueblos que son nuevos, pero no primitivos; que se sienten aptos para vibrar con el lirismo impetuoso de los amaneceres; pero reclaman asimismo la perfección, el refinamiento, la luz meridiana de la madurez [...] No puede darse mejor oportunidad para las

---

[25] José Vasconcelos, *La caída de Carranza, op. cit.,* p. 66.

grandes creaciones: tener a nuestra disposición los útiles del arte, la sabiduría del procedimiento, y sólo el asunto totalmente nuevo. Más aún, también cierta novedad del corazón, pues el cruce de las razas ha desplazado en un ligero brinco a distancia, todas las inclinaciones específicas, ya imperiosas en nuestros antecesores, y a nosotros nos toca un período de indecisión y de elección, extraordinariamente propicio para el milagro. Milagro de una conciencia que se dispone a acudir a las solicitaciones de una naturaleza ansiosa del esfuerzo práctico, capaz de someterla a las mil finalidades de la industria, y ávida de la inspiración iluminada que ha de redimirla de su inexpresión primitiva, haciéndola pasar transfigurada a los simbolismos y las interpretaciones de un arte, de una literatura, de una cultura.[26]

Ésta es la guía del humanista; ideal que lo llevaría a realizar una tarea educativa singular al estar fincada en su extraña conciencia del potencial cultural americano; en la fuerza creadora de un mestizaje cuya fuente original —los indios—, eran para él signo de barbarie, primitivismo abominable protagonizado en sus llamados "carranclanes", en villistas o en los "ebrios zapatistas" a quienes no sólo no comprendió jamás, sino que llegaría a combatir con todos los adjetivos despectivos posibles.

"Bovarismo carranclán", encendida refutación a Luis Cabrera, deslinda a su manera las diferencias del destino de los bolcheviques y el de la Revolución mexicana, en la hora de Carranza. Aquí se trasluce "el otro" Vasconcelos, capaz de comprender cambios a lo lejos, transformaciones revolucionarias cuyas matanzas, contradicciones y luchas internas no cita porque, sencillamente, las ignoraba. En este artículo Vasconcelos, sin saberlo, defendía el sistema leninista cuyos principios, casi sin excepción, podrían enunciarse como contrarios a sus ideales tan apegados, como él mismo asegurara una y otra vez, al espíritu democrático de Madero. Las noticias incompletas, vagas y

---

[26] José Vasconcelos, "Arte creador", *El monismo estético. Ensayos, O. C.,* t. IV, *op. cit.,* p. 44.

generalmente tardías, que se dispersaban por el mundo occidental sobre la revolución bolchevique, no tuvieron en Vasconcelos al único confundido. Sin embargo, asombra el hecho de su intransigencia respecto del natural caos que arrastraba a la mexicana, y su generosa comprensión para los alcances conocidos de la de Europa Oriental. Sólo los ingenuos pueden suponer que, en pleno proceso revolucionario, un país camina sin contradicciones, sin acosos o sin asesinatos provocados por levantamientos internos y por las naturales luchas por el poder. Las comparaciones de Vasconcelos parecen inauditas:

> Las confiscaciones de Lenin responden a una teoría de gobierno, a una reforma social. Las confiscaciones de Carranza son actos de venganza personal y no pueden dar otro resultado que crear la desconfianza y el mal ejemplo, y alentar la inmoralidad y el atentado.
>
> La revolución carrancista ha creado nuevos terratenientes, nuevos opresores, nuevos ricos.
>
> La revolución rusa ha transformado el régimen económico de Rusia y ha acabado con la gran propiedad.[27]

Pretensiosa analogía de Vasconcelos quien, de un plumazo y con notable facilidad, pasó por alto 300 años de historia colonial. Lucas Alamán podría avalar sus afirmaciones. Vasconcelos, como su antecesor, reducía la historia a actos personales de gobierno: efectos de una voluntad individual casi mágica. Los liberales, oportunamente, entendieron el profundo significado de la independencia nacional: combatir el colonialismo, no sólo a través del desarraigo de sus instituciones, sino en las formas de la propiedad, del laicismo, de la producción y de lucha por consolidar un Estado. Rusia, con su símbolo imperial, pasaba del absolutismo a los inicios de la dictadura del proletariado; México, de la servidumbre secular —combatida por las conquistas liberales que no tardaron en empañarse con nuevas invasiones extranjeras y con la experiencia dictatorial de

---

[27] José Vasconcelos, "Bovarismo carranclán", *La caída de…, op. cit.,* p. 71.

Porfirio Díaz— a la formación del Estado nacional. Cien años de Independencia eran conmemorados por un dictador a punto de ser rebasado por la primera revolución del siglo xx, y la más significativa entre las de proposiciones democráticas. Admirar a Lenin y abominar de Carranza revelaba su desorden ideológico.

Como educador estuvo más familiarizado con la obra de Lunacharski que del proyecto de Ignacio Ramírez, pues los mexicanos han tendido a ponderar lo externo disminuyendo lo propio.

Una de las características de los pueblos coloniales ha sido, en todo tiempo y lugar, el olvido o la ignorancia de su historia: de ahí la fuerza cultural del colonizador. Las grandes conquistas nacionales han procedido, justamente, del acto de recobrar el propio pasado y no, como de hecho lo supuso Vasconcelos, de una voluntad de transformarse, desligada de sus precedentes, para ser, de pronto, un país similar a otro u otros, en distinto grado de progreso; es decir, nada más con proponérselo, México podría ser, en 1920, semejante a la Unión Soviética.

La misma historia ha demostrado que tales analogías son imposibles, que las contradicciones locales obedecen a sus propias causas y que no hay progreso posible si antes no se resuelven los conflictos que extreman la lucha de clases y las condiciones de la producción.

Aunque Vasconcelos nunca comprendiera lo que eso significaba en términos políticos y culturales, tenía razón en algunas de sus observaciones: el nuestro, entonces y antes, era un país de miserables, dominado por la ignorancia de la mayoría, envilecido por luchas de poder y escenario de combates desiguales por la propiedad de la tierra y por el establecimiento legal de derechos fundamentales; es decir que, sin reparar en ello, Vasconcelos enlistaba las características de un pueblo con reminiscencias coloniales, cuyos efectos van más allá de la sola pobreza derivada de la explotación; más allá de las luchas locales por aspirar a ciertos derechos.

La monarquía rusa contaba, a principios del siglo, con una burguesía agraria e industrial superior a la nuestra; aquí, sólo existía la agraria. La industria estaba en manos de extranjeros. La sociedad, durante la dictadura, quedó dividida en terratenientes y peones; en unos cuantos letrados y millones de ignorantes; en un puñado de funcionarios frente a la minoría de artesanos y de trabajadores cuya realidad en nada difería de la del peonaje. Mientras que la revolución rusa tenía el baluarte del proletariado, en México, naturalmente, avanzaba una revuelta protagonizada por millones de campesinos sin conciencia cabal del sentido de su lucha. No obstante, su ideología quedó demostrada en los fundamentos de la Constitución de 1917.

Cuando los prejuicios se sobreponen a los juicios no queda sino el ensañamiento contra la persona que representa al "dominador". Vasconcelos encontró mayores afinidades intelectuales en Lucas Alamán porque ambos coincidían en el criollismo conservador. No siguió la escuela de Guillermo Prieto, ignoró a Ignacio Ramírez y también pasó por alto las tesis históricas de Justo Sierra, contenidas principalmente en su *Evolución política del pueblo mexicano,* cuyas primeras ediciones datan de *México: su evolución social,* J. Ballescá y Cía., México, 1900-1902; t. I, vol. I, pp. 33-314 (bajo el título *Historia política),* y t. II, pp. 415-434 (bajo el título *La era actual).* Leyó y reconoció al historiador Carlos Pereyra, a quien cita varias veces en sus memorias, pero nunca hizo de su obra un juicio crítico, aunque acepta que su lectura le fue útil para escribir su *Breve historia de México.*

Hay en él, como en numerosos intelectuales mexicanos, una sutil contradicción: curiosidad de escritor frente a la lectura, y velocidad de periodista en la cuartilla. La urgencia íntima por avanzar camina al lado de la certeza de que en nuestras letras todo está por hacerse. De allí el reiterado hábito de insistir —como el mismo Vasconcelos lo hace— en que de todo se adolece: crítica de calidad, talento narrativo, juicio analítico,

aliento poético... Así, algunos se entregan a la tarea de combatir el atraso sin ocultar errores de improvisación. *Breve historia
de México* es uno de tantos ejemplos que demuestran que no
basta conocer la sintaxis para convertirse en historiador. Vasconcelos elimina la comprobación por la conjetura; mira su
pasado de reojo, sin detenerse ante asociaciones probables.
Domina la prisa, no la reflexión. No pareciera que sus páginas
fueran respondiendo a la sucesión de dudas que dijera George
R. Collingwood, ni que sus temas obedecieran a cierto afán
por descubrir una trama, un suceso o una causa de la situación observada. Para él, las luchas por el poder son asuntos de
confesionario. Es la versión del pecado llevada al extremo de la
sustitución del rigor crítico. Lejos de explicarse las razones que
anteceden a su réproba realidad, reduce su presente al súbito
estallido de barbarie. Fácil salida para quien no se decide a ir
más allá de lo aparente, más allá de un cómodo supuesto.
Como el caso de las revoluciones mexicana y rusa, inventó
analogías imposibles para ilustrar sus afirmaciones. Acomodó
la Historia a cierta argumentación política para sus fines ideológicos. De ahí la semejanza entre su estilo como historiador y
su personalidad política: exalta o condena; elogia o denuesta.
Para él, de hecho, ni siquiera el del saber podría considerarse
camino de salvación. A cada instante brota su índole moral
(dogmática) —que no ética a la manera de la Grecia clásica— y,
casi sin darse cuenta, va fundiéndose a su célebre y ya reconocido lenguaje inquisitorial.

De manera alguna ignoró la exposición rigurosa de los historiadores. Fue, sin lugar a dudas, lector irregular en este sentido; por ejemplo, encomió a Theodor Mommsen en su *Historia
de Roma,* pero nunca se interesó en conocer a los autores mexicanos. No sólo siguió con interés la obra de Toynbee sino
que escribió páginas y referencias frecuentes sobre este
autor.[28] No obstante, sus propios temas no fueron explicacio-

---

[28] José Vasconcelos, "Toynbee, enseña", *Novedades,* México, 13 de mayo de

nes del pasado, sino alegatos. *Breve historia de México* es una revisión emotiva de sucesos que conducen a la condena política del México liberal. Sus habituales reducciones lo confunden al punto de suponer al liberalismo adversario del catolicismo en el cual vio, desde su madurez, la guía de las conductas personal y colectiva.

Veamos, por ejemplo, cómo no existieron para él las culturas precolombinas ni alguna obra digna de memoria desprendida del hecho singular de la Conquista:

> Ingresamos a las filas de la civilización bajo el estandarte de Castilla, que a su modo heredaba el romano y lo superaba por su cristiandad, y es inútil rebatir siquiera la fábula maligna de una nacionalidad autóctona que hubiera sido la víctima de nuestra nacionalidad mexicana, es decir, hispanoindígena [...]
>
> Nada destruyó España, porque nada existía digno de conservarse cuando ella llegó a estos territorios [...]
>
> [...] la figura del conquistador cubre la patria del mexicano, desde Sonora hasta Yucatán, y más allá, en los territorios perdidos por nosotros, ganados por Cortés. En cambio, Cuauhtémoc es, a lo sumo, el antepasado de los otomíes de la meseta del Anáhuac, sin ninguna relación con el resto del país.[29]

Lo anterior fue escrito catorce años después de su hermoso discurso al ofrecer al Brasil una estatua de Cuauhtémoc a nombre de México. Entonces secretario de Educación Pública, otro era su juicio respecto de la antigüedad mexicana. Su elogio de Cortés era contrapunto de su admiración por *nuestro mayor héroe indígena*. Al instante de entregar la efigie del "joven abuelo", para ser colocada en una plaza de Río de Janeiro, Cuauhtémoc tenía la condición simbólica de una hora decisiva para la América Latina; en la *Breve historia...*, sin

1948, p. 4A; "Toynbee profeta", *Todo,* México, 4 de noviembre de 1954, p. 11; véase también *José Vasconcelos (Hemerografía 1911-1959), Boletín Bibliográfico de la* SHCP, núm. 311, México, 1935.

[29] José Vasconcelos, *Breve historia de México,* 6a. ed., Botas, México, 1950, p. 6.

embargo, apenas quedaría en recuerdo perdido en el territorio desértico de los otomíes. Éste era el Vasconcelos del reconocimiento mexicano:

> [...] Y ahora Cuauhtémoc renace porque ha llegado para nuestros pueblos la hora de la segunda independencia, la independencia de la civilización, la emancipación del espíritu, como corolario tardío, pero al fin inevitable de la emancipación política.[30]

En catorce años un escritor puede y debe modificar algunos de sus juicios políticos; el historiador, en vista de nuevas comprobaciones, de datos agregados o de inferencias que van surgiendo al paso de otras preguntas, también puede rectificar sus afirmaciones. Pero, en el caso de referencias como la citada, no se trata del cambio en la solidez del escritor ni en el enriquecimiento teórico del historiador, sino de una confirmación del hábito distintivo de José Vasconcelos: el de los pareceres regidos por su temperatura política.

Cuando esto ocurre, cuando dominan las expresiones propias de una ideología en política, la historia queda como texto adicional de la argumentación y no como resultado de un método de conocimiento por el cual un autor se aproxima, gradual o completamente, al tiempo del cual escribe.

La *Breve historia de México* es un tratado de lamentaciones y denuestos. "La mejor novela mexicana", diría Xavier Villaurrutia, según recuerda Emmanuel Carballo. Sus capítulos son un amplio resumen de la antihistoria nacional; es decir, en ellos expone su lista de sucesos sin más comprobación que el aserto de su autor. Así supuestamente avalado por sí mismo, elaboró su llamada "doctrina funesta" para calificar la Revolución de Independencia. El adjetivo, en el Vasconcelos supuestamente historiador, sustituye al documento, a la inferencia

---

[30] José Vasconcelos, "Discurso de Cuauhtémoc en el ofrecimiento que México hace al Brasil de una estatua de Cuauhtémoc", *Cartas y documentos, O. C.*, t. II, *op. cit.*, p. 851.

aguda, a la asociación necesaria, a las conclusiones o a un examen circunstancial en los cuales se apoyan quienes rehacen intelectualmente el pasado.

Nunca se refirió con respeto a los liberales mexicanos; más aún, llegó a envanecerse al decir ignorarlos, pero nunca dudó de su propia autoridad para escribir afirmaciones, casi infantiles, sobre nuestro siglo XIX. Si sus memorias son evidencia de frecuentes cambios de opinión respecto a un mismo asunto, *Breve historia de México* perdura como una acta de improvisación y audacia, cuyo contenido suele complacer a los grupos más cerrados de nuestra sociedad.

Cuando se lee su obra completa van surgiendo, al paso, párrafos que se niegan unos a otros, de juicios contrastantes, de frases llenas de odio exacerbado y de no pocas evidencias de una exagerada autoestima que suele lindar en la soberbia; una se pregunta de dónde procede la fuerza de ese hombre, de dónde esa notoriedad que continúa avivando la curiosidad de las nuevas generaciones, de dónde, también, ha salido esa fama suya de civilizador excepcional.

Es importante recordar que uno de los historiadores que Vasconcelos decía reconocer —insistimos— fue Theodor Mommsen, cuya célebre obra fuera reconocida con el Premio Nobel —segundo que la Academia adjudicaba—, en 1902. Su vasta *Historia de Roma* es, en verdad, un monumento de erudición en el cual dominan el relato hilado de hechos, la explicación implícita de sucesos y la inevitable inclusión de un ambiente verosímil desprendido del conocimiento que Mommsen tuviera de otras disciplinas. Comenzó, cuando joven, a escribir poesía; sin embargo, en este sabio investigador estaban, verdaderamente, un filósofo, un jurista, un historiador y un hábil político. En las casi 4 000 páginas que integran su obra son mínimas las referencias bibliográficas y, sin embargo, resulta innegable su profundo conocimiento del mundo romano. En pequeño, con modestísimos resultados, Vasconcelos seguramente pensó en la obra de Mommsen al idear su resumen histórico de México.

Acaso admiró, también, la *Historia de la decadencia y ruina del Imperio romano* por Edward Gibbon, el verdadero clásico del género. En Vasconcelos hay más indicios de su reconocimiento a este tipo de intelectuales que de su conocimiento de sus respectivas obras. Hombre de indudable talento, el mexicano aspiraba, según lo afirmó una y otra vez, a la gran obra, a la ópera monumental; pero ésta no estaba para Vasconcelos, por cierto, entre las disciplinas vinculadas a la historia.

Su procedimiento ante la historia puede observarse en uno de sus artículos políticos en el cual refiere un hecho improbable —la obra inicial del partido Bolchevique en Rusia— para condenar la labor hacendaria de Venustiano Carranza.

El siguiente párrafo ejemplifica cómo Vasconcelos incurría en analogías imposibles:

La revolución rusa emitió papel moneda, pero ese papel moneda no ha sido desconocido por el gobierno, porque desconocerlo equivaldría a robar al pueblo su pan, y los rusos no han robado al pueblo. Si han despojado, ha sido a los ricos, no a los indigentes.

Los carrancistas, en cambio, no han despojado sino a los inermes, al pueblo bajo con los cartones y los bilimbiques; a los enemigos personales, con la confiscación de haciendas y fincas.

La revolución rusa echó mano del dinero de los bancos, pero ese dinero lo ha empleado en fomentar las industrias nacionales. En cambio, el oro de los carrancistas, repartido entre los favoritos, ha ido a engrosar los depósitos de los bancos extranjeros, y ha servido para los paseos diplomáticos y otros lujos de los serviles.[31]

La obra de Luis Cabrera sacó de quicio a Vasconcelos. Sus argumentos lo llevaron a comparaciones como la citada para justificar el golpe de Estado de Alvaro Obregón, que estaba en ciernes. Si la Revolución mexicana era el oprobio conducida por Carranza, la rusa era el ejemplo a seguir, guiada por Lenin. Muy poco después de estos artículos, publicados en diarios

---

[31] José Vasconcelos, "Bovarismo carranclán", *op. cit.,* pp. 71-72.

obregonistas, Vasconcelos reconocería una cierta verdad histórica y ensalzaría la revolución en el poder de Obregón, mientras que comenzaba su diatriba contra el socialismo, la cual no abandonaría ni en los últimos días de su vida (véase *En el ocaso de mi vida)*.[32]

Menospreciar la historia ha sido hábito frecuente en numerosos intelectuales mexicanos. Acaso como reminiscencia del colonialismo, ha prevalecido el prejuicio respecto de los supuestos vínculos odiosos de tal disciplina con la política, como si éstos ensuciaran la pureza de la creación literaria. Tal costumbre alcanza a nuestros días, a pesar de la imposibilidad de comprender obras o autores desprendidos de su circunstancia. Pocos críticos han reparado en el hecho de que nuestros principales hombres de letras —y por tanto sus obras— no pueden sustraerse del carácter de su época ni de los episodios políticos que comprometen sus ideas. ¿Cómo examinar a Vasconcelos mismo sin considerar el espíritu irritado que pasa de la revolución a la contrarrevolución?

Acaso en "Las responsabilidades de Luis Cabrera, o el que debe irse es Carranza", Vasconcelos ejemplificó no sólo su ignorancia histórica, sino la deformación de los hechos, a nombre de sus ambiciones políticas.

Curiosamente, escribió el citado artículo en abril de 1920 y días después, en mayo, Luis Cabrera hacía lo propio en las páginas reunidas en *La herencia de Carranza*. Ahí, en "La política económica", Cabrera relató y comprobó cuál había sido la política de Carranza en todos los aspectos económicos de la Revolución, desde 1913 a los tres años de su gobierno de 1917 a 1920.

Escribió Vasconcelos:

[...] el señor Carranza, que para ciertas cosas jamás vacila, encontró por fin el planta-firmas, el sello de hule que buscaba, en la persona de un pariente, que instaló como tesorero de la Nación, y el

---

[32] México, Populibros "La Prensa", 1957.

señor Cabrera, que ya no estaba para hacer feos al caldo, se encargó de la Secretaría de Hacienda, sin condiciones.

Ello no obstante, y a pesar del incondicionalismo jurado, cada vez que se expedía alguno de los decretos escandalosos sobre la nulidad de alguna emisión de bilimbiques, el señor Cabrera cuidaba de contestar a su censores: que él no disponía, que él era nadie, que él no hacía otra cosa que rubricar las órdenes del Jefe Supremo. El Supremo, el nuevo López, que se había instalado en Veracruz.[33]

Luis Cabrera, en su notable análisis, afirmó lo que sigue:[34]

Contrastando con la política del general Díaz de preferir al extranjero y de conceder tan excesiva protección y ventajas a su capital que lo convertía en una inversión privilegiada, la política del señor Carranza procuraba el fomento de la riqueza por los nacionales mismos, y para ellos, o por los extranjeros, pero sobre una base de igualdad con los mexicanos [...]

Como siempre que se habla de la política financiera de Carranza se supone que ésta es obra exclusiva de Cabrera, voy a presentar algunos datos cronológicos que servirán para que el lector pueda dar a cada cual lo suyo.

Cabrera hace ver, siguiendo el párrafo anterior, que el encargado de Hacienda, en los dos primeros años del gobierno constitucional, fue don Rafael Nieto[35] y que él, Cabrera, fue nombrado ministro el 9 de abril de 1919. De los cuatro años y

---

[33] José Vasconcelos, *La caída...*, *op. cit.*, p. 77.

[34] Luis Cabrera, *La herencia de...*, *op. cit.*, pp. 40 y ss.

[35] Rafael Nieto (1883-1926). Diputado federal y constituyente. En la XXVI Legislatura atacó las tiendas de raya y apoyó los proyectos de reforma agraria. Subsecretario de Hacienda y Crédito Público, encargado del Despacho, durante el gobierno de Venustiano Carranza, y gobernador de San Luis Potosí en 1919 —al hacerse cargo de la Secretaría de Hacienda Luis Cabrera—, hasta 1921. Fue el primer gobernante que concedió el derecho de voto a las mujeres; director general de los Ferrocarriles Nacionales y diplomático en Suecia, Italia y Suiza, en donde murió. Fue autor, entre otras obras, de *Más allá de la patria* (1920), y *Ensayos económicos y políticos* (1922).

un mes que Carranza gobernó como Primer Jefe, Cabrera estuvo en la Secretaría de Hacienda un año y un mes; y, de los tres años y días que Carranza fuera presidente, Cabrera fue su ministro un año y un mes. Total, en siete años Cabrera tuvo a su cargo lo hacendario dos años y dos meses. Nada de lo cual consideró Vasconcelos para abarcar en su injuria tanto a Carranza como a Cabrera, durante los siete años del periodo mayor de la revolución armada.

El primer decreto que creó el papel moneda, en 26 de abril de 1913, lanzado por Carranza, dice:

> Considerando: que es deber de todos los mexicanos contribuir en parte proporcional para todos los gastos del ejército hasta el restablecimiento del orden constitucional y,
> Considerando, por último, que el mejor medio para acudir a todas esas necesidades, sin causar perjuicios directos y materiales a los habitantes del país, es la creación de papel moneda, he tenido a bien decretar lo siguiente [...][36]

Cada uno de los generales de la Revolución: Villa, Obregón, Diéguez y González, emitieron papel moneda. Es importante que Vasconcelos lo omitiera porque su crítica habría incluido a quien postulaba como presidente para rectificar, según él, la nefanda obra de Carranza.

Cabrera hace una pormenorizada relación del cobro de impuestos en oro, incluyendo el del petróleo, para pagar las armas y municiones que adquiría el gobierno, principalmente en los Estados Unidos. Al término de la lucha armada el papel moneda sería cambiado por moneda contante y sonante, de uso nacional, y con una depreciación convenida. Todas las clases sociales contribuyeron, así, a la Revolución. Carranza no comprometió al país en ningún empréstito. Al caer, en 1920, había, por primera vez, un importante excedente en la Secretaria de Hacienda.

---

[36] Luis Cabrera, *La herencia de...*, *op. cit.*, pp. 40 y ss.

La intención difamatoria de Vasconcelos fue muy obvia:

Si el carrancismo es bueno –suposición de mariguano–, el mérito es de Carranza.
Si el carrancismo es malo –verdad de Perogrullo–, entonces la culpa es de Carranza.
Todo lo cual, por supuesto, no basta para absolver a Cabrera.
Cabrera es enormemente culpable, aunque en el fondo de su juicio no apruebe los chanchullos del bilimbique, y aunque tal vez se estremezca de las ejecuciones que su jefe ordena, por encima de los mandatos de la Suprema Corte.[37]

Y, finalmente, lo que a Vasconcelos preocupaba:

Lo que verdaderamente urge es un cambio de Presidente.
Para restablecer nuestro crédito necesitamos cambiar de Presidente.[38]
Votemos por la candidatura independiente; por la candidatura de Obregón, afirmando el propósito de defender nuestro voto, de hacer respetar nuestro voto.[39]

Las elecciones del primer domingo de julio no se llevaron a cabo. De eso, nada escribiría Vasconcelos y sí, en cambio, del asesinato de Carranza, en el epílogo a *La caída de Carranza*. En resumen, su versión quedó en algunas frases memorables, por indignas:

[...] La muerte de Carranza ha sido como un óleo de paz: ha basta-do que Carranza desapareciera para que los enemigos de ayer se busquen reconciliados; para que los mexicanos de todos los mati-ces de opinión vuelvan a sentirse hermanos; y así que se escriba la historia de este agitado periodo social, a manera de epitafio tendrá que decirse: "desde la muerte de Carranza volvió a reinar la con-cordia entre todos los mexicanos".[40]

[37] José Vasconcelos, *La caída de..., op. cit.,* p. 79.
[38] *Ibídem,* p. 80.
[39] *Ibídem,* p. 82.
[40] José Vasconcelos, "Epílogo", *La caída de...,* p. 246.

En las últimas páginas de *La tormenta,* desliza las escenas de su conveniencia política personal. A punto de regresar a México se entrevista, en Los Ángeles, con Álvaro Obregón. Acompañados de Antonio I. Villarreal, de un teniente coronel Carpio —"muy adicto a Obregón y que después fue su víctima"— y acaso de otras personas que Vasconcelos no recordó. Discutieron las posibilidades del fin del carrancismo y, a la frase del caudillo: "haremos las cosas bien; no quedarán descontentos..., siguió la declaración de apoyo, los preparativos del retorno a México y los artículos difamatorios "en hojas de segunda categoría o en publicaciones ocasionales [...] pero con divulgación suficiente" que constituirían "su" campaña de prensa, la cual, según Vasconcelos mismo diría, es de las que el propio autor desearía olvidar:

> Con algo de lo escrito por Villarreal y por mí compuse un volumen, *La caída de Carranza,* párrafos de combate que viven lo que dura una campaña; luego, ni el autor desea volverlos a leer.[41]

Lo que siguió es historia conocida; a la muerte de Carranza, sin embargo, ocurrieron los acomodos de la confusión de poderes. Con el nombramiento de Adolfo de la Huerta, presidente provisional por decisión del Congreso de la Unión (mayo 24 al 30 de noviembre de 1920), comenzaba otro capítulo en el destino de José Vasconcelos: rector de la Universidad Nacional y, desde allí, responsable de los establecimientos y de los programas educativos del país, hasta su ruptura con Álvaro Obregón el 2 de julio de 1923, fecha en la que abandona, contradictoriamente, sus ligas con los regímenes y con los protagonistas de la Revolución.

---

[41] José Vasconcelos, *La tormenta, op. cit.,* pp. 1193-1194.

III. EL PODER DE LA PLUMA

LA PERSONALIDAD de José Vasconcelos, no obstante el reconocimiento público que tuviera desde sus años de ateneísta, era
de índole tan apasionada que lo mismo tendía a crear seguidores fanáticos que enemigos jurados. Y es que sus juicios, en
todo tiempo y circunstancia política, iban vinculados en buena
prosa, a imágenes catastróficas, a figuras exacerbadas que
sacudían la ya de por sí desequilibrada emoción de los mexicanos frente a los hechos revolucionarios.

Antes de escribir su obra autobiográfica, utilizaba el conocimiento a manera de látigo contra cualquier obra de gobierno;
fue desmesurado en la acción e iracundo al evocar su ajuste
de cuentas. Careció de método, a pesar de que "La teoría del
ritmo" estuviera entre sus páginas favoritas. México, para él,
nunca dejó de padecer un desastre moral, económico y político "provocado por gobernantes indignos y por la pasividad
de un pueblo que ha dejado de ser revolucionario".[1] Desastroso
también lo fue durante el levantamiento armado y, conforme
su versión de la historia, más desastroso en la lucha liberal. En
el capítulo que Emmanuel Carballo dedica a las entrevistas y
comentarios relacionados con José Vasconcelos, incluyó fragmentos de sus cartas políticas,[2] que completan la visión amar-
ga de su experiencia. mexicana y que aclaran, también, la parcialidad que guiaba su pluma para condenar, de manera más
que religiosa, la conducta de los representantes del Mal. En la

---

[1] Emmanuel Carballo, *19 protagonistas de la literatura mexicana del siglo xx,*
Empresas Editoriales, México, 1965, p. 28.

[2] José Vasconcelos, *Cartas políticas de José Vasconcelos, primera serie, 1924-
1936,* Preámbulo y notas de Alfonso Taracena, Editora Librera. Clásica Selecta,
México, 1959, p. 28.

misiva del 2 de septiembre de 1933, por ejemplo, quedó el testimonio de su "asco", no de su curiosidad para entender la realidad que tanto abominó:

> Y estoy harto y asqueado de nuestros cien años de historia vil, pero a fin de no perder el derecho a señalar esa vileza, sigo y seguiré dispuesto a reanudar la pelea en el instante en que se coloque la lucha en los términos que corresponden después de tanto hablar. Pues llega un momento en que la misma palabra se envilece si no se acompaña de acción.[3]

La suya fue, lejos de aproximarse a una teoría, actitud catastrófica del mundo, de su mundo. Gastón García Cantú la consideró visión apocalíptica de una autobiografía antepuesta a los sucesos externos. El juicio ético, sustituto de la explicación reflexiva, lo llevaba a prejuzgar conforme el íntimo modelo del hombre ideal: profeta y "ángel exterminador", cuya tarea ha sido predestinada a elevar su espíritu hasta la obra mesiánica. De allí sus prédicas y su intolerancia distintiva; de allí su afán permanente por vivir en el "ojo del huracán" y de protagonizar la gran figura del escándalo que tanto lo satisfacía. En el fondo de esta tendencia suya estaba la obvia religiosidad que nunca consiguió conciliar con sus afanes. Más que la tarea racional, le interesaba el ejercicio condenatorio como un traslado del confesionario al púlpito. Tras la desmesura, un desesperado grito por buscar el equilibrio anunciado en su *Monismo estético,* la armonía musical procurada, en términos ideales solamente, para una "sinfonía literaria" y el sentido estético soñado para combatir el infierno que figuró como el dantesco. Tales figuras avivaban su lucha entre el Bien y el Mal. Leamos la explicación de García Cantú:

> [...] Vasconcelos veía en el pasado el difícil equilibrio alcanzado por el Bien sobre el Mal. La historia, por consiguiente, obedecía a

---

[3] José Vasconcelos, *Cartas políticas..., op. cit.,* p. 44.

un plan divino, ajeno e inasible para la voluntad humana, comprendido entre límites que la sola razón no vislumbra: el principio de cuanto existe y el fin de la vida. Creación y destrucción; advenimiento y ocaso de los tiempos. Del Génesis a la historia del hombre, cuya obra se realiza en dos extremos: ascenso y caída. La noción del progreso, que surge a expensas de la técnica, la economía y la política, no es digna de la ambición humana, sino destino de sometimiento. En ello no podrá haber ni perfección ni dicha, ni, menos aún, inmortalidad. El concepto catastrófico no es del dominio común: lo intuyen, lo escuchan los grandes reformadores a quienes se debe, de vez en vez, la derrota del Mal.[4]

Y Vasconcelos se sintió llamado a combatir el espectáculo del Mal, a elevarse por encima de la maldad, de la mentira y del crimen de sus contemporáneos. Él, "ángel exterminador" por llamado divino, debía apelar al Bien, a la virtud y a la verdad, aunque en ello llevara la pena del acoso o de la incomprensión del pueblo bárbaro, del primitivismo brutal de su nación miserable, envilecida y engañada por sus gobernantes.

Su embate íntimo era entre el profeta y el mesías; si la razón lo conminaba al anuncio catastrófico, las emociones lo empujaban a la acción para el cambio. Contraste difícil el suyo ya que, en numerosos pasajes del *Ulises criollo* y de *La tormenta,* principalmente, reitera que, aunque ateneísta y presidente del Ateneo de México, nunca coincidió, cabalmente, con sus compañeros: "escribían cargados de citas", insistió, como si tuviesen temor a expresar y sostener sus propias ideas, como si arrastraran la necesidad de demostrar que ellos también pensaban como otros. Deja entrever cierto menosprecio por sus coetáneos, aunque reconozca la fuerza descriptiva, el talento de Martín Luis Guzmán o la importancia de Alfonso Reyes como hombre de letras. En realidad, él apelaba a la existencia de intelectuales de lucha y en lucha, de seres cultos, aptos

---

[4] Gastón García Cantú, "Vasconcelos, historia y política", *Cruce de caminos,* Fundación de Investigaciones Sociales, A. C., México, 1985, p. 16.

para gobernar y, al mismo tiempo, dispuestos a sostener las armas, a pelear con ideas y con balas. Es tan obvia esta tendencia suya a preferir los estados de desequilibrio social que antes, durante y después de su campaña como candidato a la presidencia de la República, insistió en la necesidad de batirse, de levantarse contra los tiranos dictadorzuelos. La mayor causa de su amargo resentimiento procede, precisamente, de que los vasconcelistas no lo siguieron por "cobardes". Abandonado el líder mesiánico, no quedaba sino afirmar que los bárbaros no lo merecían y que el pueblo mexicano no tenía remedio.

El epitafio que previó para su tumba era la frase de su carta a la juventud:

Los hijos de vuestros hijos, llorarán por lo que perdieron perdiéndome.[5]

En sus contradicciones estaba su infierno. Una tras otra, las páginas de su autobiografía van hilando el proceso de deterioro íntimo, la confusión que padecía entre su idea de grandeza espiritual y el ánimo devastador que lo dominaba no solamente en política, sino en sus amoríos casi brutales, cuyas descripciones lo presentan como un ser inmaduro, ajeno al respeto y desbordado en pasiones pueriles. La muerte, la humillación y los actos vejatorios se anteponen a su ingenua imagen de amante experimentado. En *Ulises criollo* confiesa el *asco* que le producían los nacimientos de sus hijos; en *La tormenta* y en *El Proconsulado* insiste en su menosprecio al matrimonio como si con el solo anuncio de su simpatía por el celibato justificara el humillante confinamiento de la esposa a quien, a todas luces, despreciaba; como el país, ella estaba siempre dispuesta, siempre disponible para emitir el perdón. Ni ella ni México podrían vincularse al rompimiento; tampoco Adriana

---

[5] José Vasconcelos, *La flama. Los de arriba en la Revolución. Historia y tragedia,* Compañía Editorial Continental, México, 1959, p. 350.

o Valeria, porque la mujer y la patria debían permanecer cuando y en donde él las necesitara. Extraña actitud la suya, que no deja de revelar su pasión por la imagen materna. Las más intensas páginas de *Ulises criollo* corresponden a la evocación de la única mujer a la que verdaderamente amó: su madre.

Como sus adulterios, los supuestos exilios de Vasconcelos estuvieron regidos por estados de ánimo. Jamás se divorció de la esposa; nunca dejó, verdaderamente, al país. Acaso este hombre de singular talento nunca comprendió que su actividad intelectual requería de tales momentos de tensión entre el odio y la proximidad amorosa, entre la humillación de quienes lo amaban y el respeto que les merecía. Si algún carácter está regido por la política, es el suyo; sin embargo, tan contradictorio era que no puedo ceder a la tentación de transcribir esta reveladora afirmación suya en la que asegura su preferencia por "los trabajos del alma":

> Nunca me dio a mí por el liderismo político, porque mí actividad siempre la reservé para los trabajos del alma que investiga toda la amplitud del mundo. Y el político ha de limitarse en forma reducida. Pero siempre juzgué que era deber de patriotismo, de hombre, contribuir a que el ambiente en que uno va a desarrollar su vida deje de ser el de la tribu caníbal y se convierta a los usos de una mediocre civilización, por lo menos.[6]

La política, entonces, quedaba cual deber de hombre y de redentor: su sacrificio de profeta mesiánico. Que buscaba la bandera de "la regeneración", afirma, y que por ella estaría dispuesto a seguir a cualquier hombre honrado que la representara. Lo interesante es que sólo en una ocasión encontró a ese supuesto símbolo de honradez: Álvaro Obregón, uno de los más sanguinarios caudillos del levantamiento, pero el único que reconoció en el poder, al menos mientras así lo necesitara, la capacidad de Vasconcelos.

[6] José Vasconcelos, *La tormenta, op. cit.,* p. 1099.

Entre el símbolo ya desencantado de Obregón y la esperanza del cambio civilizador surgió su campaña electoral en 1929: nunca más cedería a la tentación de confiar en la supuesta honorabilidad política de otro líder. Indudablemente deseaba el Poder Ejecutivo: por eso lanzó su candidatura. Empero, Vasconcelos aspiraba desde joven —como ya dije— a ser signo, el más alto, del Bien en política. A ello contribuía su obra iniciada como rector de la Universidad y continuada, posteriormente, desde la Secretaría de Educación.

Luis Cabrera, con cierto tino, dio en uno de los blancos de las contradicciones vasconcelianas. "Cacería de gazapos" no es sólo la página de un lector puntilloso del *Ulises criollo,* sino la detallada manera de observar al enemigo para cazarlo en el terreno en el que ambos verdaderamente creían: el intelectual. Allí le recuerda sus ligas con los estadunidenses con quienes, desde 1910, cuando se organizó el antirreleccionismo, estuviera asociado mediante un bufete de abogados. Cabrera descalifica la anunciada pureza política del profeta y no sin ostensible saña desenmascara algunas de sus acciones posteriores:

Después de algunas actividades políticas que no llegaron a conspiraciones, anduvo, por que él quiso, a salto de mata, más bien, de vacaciones campestres. Pero al estallar la Revolución, se fue a Washington al lado del Dr. Vázquez Gómez. Al triunfo de Madero volvió a México, pero no se ocupó en reclamar su parte del botín, por sus servicios: una curul, una gobernatura, un ministerio, que fácilmente habría podido obtener. Como él mismo lo dice, prefirió aprovechar su influencia para hacer dinero como abogado; por supuesto a base de clientela americana de esa que desde años atrás venía comprando la riqueza nacional. Su ambición no era, pues, de poder; cuando menos de migajas de poder, sino de dinero.[7]

[7] Luis Cabrera, "Cacería de gazapos", *Obras completas,* t. II: *Obra literaria,* edición preparada y dirigida por Eugenia Meyer, Ediciones Oasis, México, 1974, p. 359.

En la página de Cabrera domina un tono burlesco, aunque
no por ello menos apegado a la verdad. Vasconcelos, ciertamente, aprovechó los vaivenes del país para permanecer en el
extranjero, durante años, al lado de Adriana: protagonista
principal de *La tormenta* ya anticipada, con lujo de detalles, en
el *Ulises criollo*. Las ganancias de su próspero bufete le permi-
tieron vivir sin alarmantes dificultades durante mucho tiempo,
aun en Nueva York, años después. Asombra la facilidad con la
que Vasconcelos confiesa las vicisitudes padecidas por la esposa, casi siempre abandonada en México, quien se veía obligada
a "vender joyas y algunos muebles" para mantener a sus hijos
en tanto que él permanecía con Adriana en el nada ingrato,
por cierto, ambiente neoyorquino. En *La tormenta* narra cómo
obtuvo un salario de los estadunidenses para trasladarse a
Perú, como parte de un programa anual de actividades educativas. Inclusive puede leerse, también, cómo fueron infructuo-
sas sus tentativas empresariales para que los estadunidenses
invirtieran en algunos negocios relacionados con productos
peruanos o con navíos mexicanos. Todo esto no sirve más que
para abundar en ese espíritu sembrado de confusión que con
tanto celo enjuiciaba a Carranza por tratar con los norteamericanos en circunstancias que Vasconcelos, lejos de comprender,
utilizó para degradar su acción de gobierno.

Hombre de confesiones significativas, él mismo se encargó
de crear desconfianza en sus lectores para dudar respecto de
sus intenciones verdaderas como profeta y civilizador. Su obra
educativa, como saldo de una vida, se ha levantado por sobre
sus demás acciones políticas. Pero aun éstas requieren de un
examen sereno porque seguramente la memoria oral, al ponderar sus logros, recae en una emulación exacerbada de su personalidad o de sus propósitos. moralistas. A favor de su prestigio
ha quedado la mala administración educativa de los gobiernos
contemporáneos y, desde luego, la ignorancia que prevalece
en el medio. En contra suya están sus propios textos, tan cargados de omisiones y de referencias exaltadas de su propia

personalidad. A nuestra generación corresponde analizar con justicia las palabras y los hechos, ya que entre el poder y las letras se desliza el descrédito de las humanidades.

A la duda de cuáles fueron los verdaderos móviles que llevaron a Vasconcelos a la rectoría universitaria, salta la primera respuesta suya en *El Proconsulado*:

> Mis adversarios habían pretendido hacer de mí un maestro de los jóvenes, un predicador del futuro, como si mi actuación en la política nacional hubiera comenzado en la Universidad. Nunca fui ni siquiera catedrático de nuestra Universidad y cuando pasé por ella, como rector, actué como político que reforma y organiza de nuevo, no como decano que dentro de la Universidad elabora un futuro.[8]

Importante confesión suya con mar de fondo. Nunca, es rigurosamente cierto, manifestó interés alguno por ser reconocido como educador, a la manera tradicional. Lector de obras de la Grecia antigua, consideró que la formación es asunto primordial de la política y que tanto la literatura como la *Paideia* son resultado de una cultura en ascenso, indivisa de la libertad y plegada al ejercicio crítico.

El maestro es, ante todo, conforme a tal criterio, un "soldado del alfabeto"; es decir, inteligencia creadora y combativa, ajena a la necia actitud de los burócratas y dispuesta a auscultar, con hechos, las vías de la imaginación.

Nunca expresó, como secretario de Educación, simpatía alguna por esos profesores anquilosados, temerosos del cambio y del poder combativo de la inteligencia. Procuró rodearse de personas inteligentes y activas, capaces de comprender el compromiso político de la razón educada.

Fue en una de sus conferencias dictadas en Lima en donde comenzó su fervor público por la raza cósmica, por la esperanza del mestizaje educado y civilizador que podría levantar a América por sobre las culturas contemporáneas. Confiaba en

---

[8] José Vasconcelos, *El Proconsulado (Autobiográfica)*, *O. C.*, t. II, *op. cit.*, p. 292.

las humanidades, no en los humanistas ni en los escritores mexicanos. Primero en su autobiografía y luego en sus respuestas a Emmanuel Carballo, Vasconcelos habría de reiterar su desconocimiento de autores y de obras nacionales, como si en ellos estuviese el signo del atraso o el de la barbarie que tanto menospreciaba. A Justo Sierra, entre otros, atribuye su desinterés por el acervo nacional. De los dos cursos de historia que recibiera de él, Vasconcelos sólo decía recordar su encomienda de leer a Platón, a Dante y a Shakespeare y, luego, volver a leerlos: tal su mensaje a una generación más apegada a la historia de Grecia que a la suya propia. Su "perfecta virginidad en cuestión de autores mexicanos", resulta dudosa: Lucas Alamán es influencia demasiado ostensible para ser negada; aunque también lo pretendió ocultar; acaso como una manera de manifestar su repudio a las reformas de Juárez, es imposible que no conociera a Ignacio Ramírez o, al menos, sus proposiciones educativas. En cambio, reconoció que de entre lo mejor de los programas de Gabino Barreda y de Justo Sierra, con los agregados de lo hecho por Lunacharski en la Unión Soviética y lo suyo propio, había ideado —desde sus tentativas al lado de Eulalio Gutiérrez— un proyecto político de educación nacional. A Emmanuel Carballo dejaría otro de los testimonios de su jactancia, de esa forma suya de negar a autores nacionales cuyas obras, o al menos parte de ellas, necesariamente consideró:

Hasta la fecha, nunca he leído a Ignacio Ramírez. Si algo de malo hay en ello, la culpa la tiene Antonio Caso. Un día, echando mano de los anaqueles de su biblioteca, agarró un par de volúmenes de lomo colorado, y me dijo: "¿Conoce usted esto? Esto es Ramírez. No lo lea, no vale la pena". Y los azotó contra el suelo. Yo que entonces, justamente entonces, padecía por leer a Gatama Buda en inglés y en francés, pensé: "No, no hay ningún peligro de que yo lea eso". Así vivíamos.[9]

[9] Emmanuel Carballo, *19 protagonistas..., op. cit.,* p. 35.

El que así hablaba era el Vasconcelos de 76 años de edad, próximo a morir. Tal confesión, justamente por citar a un importante reformador del liberalismo, no deja de ser preocupante. Significaría que el fundador de la Secretaría de Educación Pública, en 1921, no sólo menospreciaba las conquistas del laicismo en la educación –lo cual no ocultó–, sino que discurría en función de un país que casi se inventaba con él, como si el pasado debiera borrarse. De ser esto cierto tendríamos a José Vasconcelos como el verdadero iniciador de la improvisación educativa de los gobiernos de la Revolución; que tampoco fue. Tal conducta, por cierto, ha sido distintiva de todos sus sucesores, excepto Jaime Torres Bodet, su secretario personal en la SEP y autor, durante el sexenio de Adolfo López Mateos, del Plan de Once Años: única tentativa que se ha dado por recobrar el programa iniciado por el propio Vasconcelos, aunque enriquecido por la circunstancia nacional y por el fundamento reformado del Artículo 3º de la Constitución, y el de Porfirio Muñoz Ledo, que contenía una reforma amplia y diversa de la educación, desechado al ser separado de la Secretaría, en 1977.

Vasconcelos, tan enemigo de la barbarie y de la improvisación gubernamental, incurrió en conductas que abiertamente reprobaba. Su proyecto educativo, en lo general de sus proposiciones, representaba una esperanza unificadora por la vía del conocimiento y del desarrollo de aptitudes. Sin reconocerlo directamente, recobraba la mejor herencia del siglo, mediante la reconquista de los clásicos y la universalidad ya anunciada por los humanistas, desde el siglo XVI. Educar, en México, no es tarea imposible cuando concurren la voluntad del Ejecutivo, el presupuesto indispensable y la imaginación creadora del secretario en turno. Esto, que parece sencillo, ha sido lo más difícil de combinar. Sobre todo cuando se ha añadido la intervención del sindicalismo que, para bien de Vasconcelos, no existía en sus años de educador.

Consciente del valor de la pluma y de la fuerza que representa el conocimiento en un medio cifrado por la innegable ignorancia, Vasconcelos, acaso en el mayor acto de honradez de que fuera capaz, reconoció una verdad válida para todos los tiempos mexicanos: la literatura y el quehacer de la cultura, entre nosotros, son indivisos de la política. No sin mezclar tal afirmación a otras teñidas de resentimiento, en los días últimos de su vida, después de escribir el saldo de la memoria y de recrear en páginas singulares el espejo saturado de sí mismo, llegó a la conclusión indirecta de que el compromiso ético del intelectual mexicano es, justamente, el que se desprende de su realidad social:

> La mala suerte engendra toda literatura. Escribí mis libros para incitar al pueblo contra el gobierno. Me creyeron un payaso. Escribir es hacer justicia. No quería séquito literario, quería gente armada. ¿Qué escritor que en verdad lo es no es un político? El que ignora la política está perdido; igual le ocurre al que se evade de la realidad [...] en México no hay literatura porque casi nunca se dice la verdad [...] La literatura debe ser, fundamentalmente, protesta. Su raíz es la libertad, la auténtica, no la que, como en nuestro caso, está escrita en los códigos. Aunque sea en el orden moral, debe triunfar el bien para que haya una verdadera expresión literaria, si no ésta se convierte en prostituta que acata o disimula los actos perversos de los poderosos. El único pueblo antiguo que produjo gran literatura fue Grecia, porque en él a veces triunfaba el bien o, ante su derrota, surgía la enérgica protesta de un Esquilo, de un Aristófanes [...][10]

Mezcla de guerrero y hombre de ideas, a veces equivocó sus campos de batalla y, por tanto, sus instrumentos de lucha. Cuando acertó al combinar la política con la razón, el resultado fue uno solo: el acierto de su cruzada educativa, la mayor del México contemporáneo.

El mejor Vasconcelos, como hombre de ideas, puede encontrarse en *De Robinson a Odiseo* y, desde luego, en la primera parte de *El desastre*: capítulos, ambos, correspondientes al pro-

---

[10] Emmanuel Carballo, *19 protagonistas..., op. cit.,* p. 21.

yecto educativo más importante de la hora, en América Latina. A diferencia de sus recuentos del desdén, frente a diversos actos de gobierno, estas páginas se levantan por sobre las demás de su ciclo autobiográfico por su clara correspondencia entre la forma expresiva y su fondo propositivo: equilibrio notable entre la fuerza descriptiva de un suceso político y la prosa ágil, siempre apasionada, de un protagonista de la más audaz empresa revolucionaria: la educación popular.

Memorias, diarios, cartas y páginas confesionales integran el vasto mundo del yo en la literatura. Acaso porque las nuestras no son, todavía, letras que resultan de una tradición rica y diversa, el género autobiográfico representa el más reducido capítulo de la literatura mexicana.

El único registro minucioso y cotidiano de nuestras letras es el de Carlos María de Bustamante, iniciado en 1822 y concluido en 1848, durante los días de la intervención estadunidense. De los 42 tomos manuscritos, que se conservan en el Colegio de Guadalupe de Zacatecas, Elías Amador, en 1896, editó uno y defectuoso, ya que suprimió los documentos que Bustamante, celosamente, agregaba a sus notas —hojas volantes, manifiestos, etc.–, los cuales enriquecen notablemente sus comentarios históricos y sociales. En 1980, el Instituto Nacional de Antropología e Historia, bajo la dirección dé Gastón García Cantú, editó los primeros cinco tomos completos y paleografiados del *Diario histórico de México,* al cuidado de Manuel Calvillo y de Rina Ortiz. Desgraciadamente, el trabajo fue interrumpido, en 1983, a poco de haber concluido el periodo de la citada administración.

Lejos de integrar un diario íntimo, el de Bustamante es el más completo registro personal de su época al cual agregaba el estado del clima de cada día y algunos juicios complementarios de los sucesos anotados. Obra singular: en ella escribía Bustamante desde el recuento de hechos hasta resúmenes periodísticos cuya lectura, hoy, resulta indispensable para conocer la vida mexicana de aquellos años. El que una obra como ésta, cuyo autor funda su propia tradición, permanezca inédita en su mayor parte, es imperdonable, aunque comprensible en nuestro medio cifrado por la omisión o por la escasa curiosidad intelectual.

Ninguna historia de la literatura mexicana, que se precie de serlo, podría prescindir de tal obra: mezcla de narración descriptiva, de puntual realismo social, de interés histórico y de contenido político. *El Diario histórico de México* no tuvo sucesor alguno; sin embargo, la costumbre de anotar sucesos o de escribir observaciones personales que lindan con las letras por su calidad narrativa o por la variedad temática, se extendió a otros autores importantes. Entre los conocidos destacan, de Antonio de Robles, los tres tomos de su *Diario de sucesos notables;* de Guillermo Prieto, *Memorias de mis tiempos;* y el de José de la Granja, de la primera mitad del siglo XIX.

Federico Gamboa sería el introductor del género autobiográfico en nuestra literatura. Los cinco tomos conocidos de *Mi diario, mucho de mi vida y algo de la de otros* (1892-1911), conforman lo que podría distinguirse como el diario o los *carnets* del escritor cuya vida se funde a sus ejercicios de creación. Alfonso Reyes solía afirmar que estas páginas de Gamboa son el mejor documento para comprender el Porfiriato. Los cuadernos restantes —salvo lo publicado en *Excélsior*— hasta 1939 permanecen inéditos en propiedad de su descendiente. No es posible, aún, persuadirlo para editar su obra completa. Aunque ésta, según las leyes mexicanas, sea del dominio público desde 1969.

En 1977, José Emilio Pacheco antologó, prologó y anotó el *Diario de Federico Gamboa (1892-1939),* libro formado con una selección de los cinco volúmenes citados y con las anotaciones publicadas en *Excélsior* del 17 de marzo de 1940 al 10 de agosto de 1941; y del 12 de junio de 1960 al 8 de marzo de 1961. "El testimonio de Gamboa —escribió Pacheco— es el único que abarca medio siglo en la vida del país: comienza en el Porfiriato y termina en el cardenismo".[11] Es decir, en 1939, año de su fallecimiento.

A diferencia de los cuadernos de sus antecesores, el *Diario* de Gamboa revela su itinerario en el dominio de la prosa, el de su capacidad descriptiva y el del auscultamiento psicológico de algunos personajes citados. No teme explorar sus propios estados de ánimo y a sí mismo se observa, en ocasiones, como si se tratara de un protagonista novelado. Allí, en sus páginas, el autor habla consigo mismo al punto de que el lector supone que tales cuadernos llegaron a formar la segunda naturaleza del autor.

Otros diarios, apenas conocidos por párrafos o cuartillas rescatadas al azar, integran la parte más íntima de sus autores. Los de Concha Urquiza o de Antonieta Rivas Mercado, por ejemplo, cumplieron el penoso destino del secreto confiado a los cuadernos. El de Concha Urquiza, más diverso que el de Rivas Mercado, no sólo contiene arranques de novela, fragmentos poéticos en prosa, observaciones psicológicas de algunos conocidos o comentarios a lecturas, sino que ella hizo del diario una suerte de ruta interior hacia el descubrimiento de sus sentidos mediante una lucha constante entre su erotismo y su religiosidad. Mujeres de obvio talento, estudiosas y sensibles a los brutales efectos de la desigualdad social de las mexicanas, una y otra coinciden al apuntar que en este medio la inteligencia femenina ha estado confinada al aislamiento y orillada a padecer la conciencia callada de sus pasiones crítica o creadora.

Quien haya leído las páginas de estas dos mujeres no se asombrará al encontrar cierta coincidencia trágica: Antonieta se suicidaría de un balazo en el interior de la Catedral de Nôtre Dame; nadadora profesional, Concha Urquiza falleció, ahogada, en las aguas del Pacífico. Una y otra, conforme a las dolorosas anotaciones de sus diarios, casi inéditos, vivieron

---

[11] *Diario de Federico Gamboa (1892-1939)*, selección, prólogo y notas de José Emilio Pacheco, Siglo XXI Editores, México, 1977, p. 15 (El Hombre y sus Obras).

periodos dramáticos no sólo a causa del amor, sino por las dudas de su sentido de ser.[12]

A ellas debemos la introducción, en nuestras letras, del verdadero intimismo en primera persona. Algunas páginas de Antonieta Rivas Mercado, indivisas en el examen de la obra de José Vasconcelos, serán tratadas en páginas posteriores del presente ensayo.

No diario, sino registro más cercano a la crónica, Álvaro Obregón escribió *8 mil kilómetros en campaña:* batallas y sucesos militares en los que participó durante la revuelta armada. Numerosos protagonistas de la Revolución escribirían sus impresiones o memorias, pero éstas no caben en la consideración del género que nos ocupa.

En sus *Apuntes,* Lázaro Cárdenas legó el testimonio personal de su obra política y de su gobierno. Tales páginas resultan importantes por su contenido político: son las observaciones de un presidente de la República ante los hechos, las personas y los sucesos que habrían de transformar el destino del país durante una época de reformas sociales significadas.

En cuanto a los escritores más próximos a las jóvenes generaciones destaca la vasta colección de *La vida en México* por Salvador Novo, la cual abarca tres tomos reunidos correspondientes a los periodos presidenciales de Lázaro Cárdenas, Manuel Ávila Camacho y Miguel Alemán; lo demás, notas, cartas públicas y artículos sobre la vida mexicana hasta el gobierno de Luis Echeverría (1972), no ha sido editado en libro. No precisamente del género del diario, sus observaciones son las de un cronista habituado al ejercicio periodístico en prosa de poeta. Pocos escritores contemporáneos superan el dominio idiomático de Novo, su ironía o la destreza de su organización verbal, siempre rítmica y melodiosa.

Unos cuantos, casi inexistentes, son los diarios íntimos de

[12] Martha Robles, *La sombra fugitiva. Escritoras en la cultura nacional,* t. I, Centro de Estudios Literarios/Instituto de investigaciones Filológicas de la UNAM, México,1985, pp. 135-158 y 179-200 (Letras del XX).

autores mexicanos. Permanece inédito el del cauteloso Alfonso Reyes, aunque unas páginas se conozcan de él en *Diario 1911-1930,* publicado por la Universidad de Guanajuato, en 1969, con prólogo de Alicia Reyes y nota de Alfonso Reyes Mota. Algún informe, reflexiones al paso, comentarios circunstanciales y leves indicios sobre sus quehaceres privados; en realidad, el de Reyes es reflejo fiel del hombre de letras que anota sus ejercicios del día con la casi ostensible conciencia de su ser trascendental. No hay, al menos en lo publicado, la fluidez confesional del verdadero escritor de diario, el diálogo consigo mismo que distingue a quienes, lejos de suponer su importancia, escriben por fervor a su dialogante de papel; sin embargo, no deja de ser la página de taller, el pliego doméstico de quien en frases de ejercicio cotidiano, va templando la pluma y moldeando la tinta para forjar la prosa y ordenar el fondo de las ideas.

Diario revelador y original es, sin duda, el de José Luis Cuevas: mezcla de dibujo, relato y fantasías eróticas, sus cuadernos van hilando el universo privado de un inventor de sueños públicos. Exhibicionista, imaginativo, capaz de fabular la insignificancia rutinaria, Cuevas, desde el dibujo, se aproximó al juego de las palabras como si se tratara de un corredor de espejos entre forma y sonido, entre el trazo figurado y la figuración verbal. *Cuevas por Cuevas. Notas autobiográficas* (Era, 1965), con prólogo de Juan García Ponce, es un paseo entre fabuloso y real por el mundo diverso, impropio y desbordado de su imaginación realista. Allí concurren personas vivas e imaginarias; sucesos y sueños; pesadillas de la razón y no pocos disparates presididos por el yo de Cuevas, protagonista principal y testigo indiviso de tan peculiar laberinto de palabras.

Asiduo del Diario, Cuevas creó un "Cuevario" para extender la página de la intimidad a la publicación regular en periódicos y revistas. Gracioso y siempre mordaz, Cuevas ha logrado rozar el género del cuento a partir del relato cotidiano. *Histo-*

rias de viajero (Premiá, 1987), prologado por Marco Antonio Campos, es ejemplo de su indudable capacidad narrativa. Las suyas son, al decir de Campos, "experiencias singulares que recoge el viajero tiempo después de haberlas vivido y las convierte en admirables cuentos sin ficción".

Acaso existan numerosos escritores mexicanos fieles a la tarea del cuaderno diario; sin embargo, ninguno ha dado el salto cabal a la página impresa. De algunos escapan ciertas cuartillas que, a veces, han alcanzado a la curiosidad de los lectores en periódicos o revistas. Así se conocieron, en la revista *Hoy,* fragmentos de diario por Salvador Novo. *Cuaderno de escritura* (1969), de Salvador Elizondo, es de las escasas excepciones. El autor se vale del lenguaje para "expresar su propia naturaleza"; es decir, su naturaleza literaria en cuyo fondo refleja el sueño de una identidad tramada con palabras, conformada por medio de la voz que va y viene, solamente en apariencia, en una realidad que comienza y concluye en el universo de las letras. Imagen, color, textura, forma o sonido: todo llega a reducirse a signos del lenguaje y todo es capaz de transformarse en materia de escritura de tal suerte que el retrato del autor es su escritura.

El correo indiscreto que existe entre colegas deja caer, de vez en vez, nombres susurrados de quienes cultivan éste, el más misterioso de los géneros. Ocasionalmente leemos algunas páginas que fueran íntimas en suplementos o revistas culturales; tal es el caso de *La letra e,* por Augusto Monterroso, cuyos fragmentos fueron publicados en el semanario *Sábado.* Como si se tratase de miembros de una cofradía se mencionan, no sin un dejo de honda curiosidad, a diaristas contemporáneos: Gustavo Sainz, Bernardo Ruiz, Alessandra Luiselli, Salvador Elizondo... ¿acaso Sergio Pitol y Sergio Fernández?... Sin más condición que la de transcribir un diálogo consigo mismo, esta materia autobiográfica se mezcla al retrato ajeno y a la reinvención de la realidad por medio de un juego profundamente individual: es el juego especular que permite al escritor ser a través de otro que es, al mismo tiempo, él mismo; en medio de sus múltiples reflejos, el quehacer del diario se inventa y se recrea a sí mismo al paso cotidiano de sus páginas. Pareciera que se trata de una manera de fundir, imaginariamente, el tiempo y el espacio, y que el autor de su propio lenguaje se perdiera en ese mundo de voces y de letras para reencontrarse desde dentro de una realidad reinventada en el sueño de las voces.

Hasta hoy, el del diario ha sido considerado género secundario —por raro y por carecer de referencias de calidad— en nuestras letras. Es probable que el natural desarrollo de la ficción permita reconciliarnos con estos capítulos marginados de la literatura mexicana. Diarios y biografías ocuparán seguramente, un espacio importante en la revisión cultural del futuro inmediato. Por ahora, seguirán los ejemplos en su estado semivisible, semilegible y casi proscrito.

Otras autobiografías se han escrito, aunque no numerosas, entre nosotros: de Manuel Maples Arce, *A la orilla de este río* (Madrid, 1964) y *Soberana juventud* (Madrid, 1967); *Memorias. La victoria sin alas* (México, 1970), de Jaime Torres Bodet, cuyo propósito fue el de evocar algunas de sus responsabilidades en la defensa de la política exterior de México y *Autobiografía. Tiempo de arena* (en *Obras escogidas,* México, 1961), libro en el cual el poeta refiere aspectos de su propia vida, aunque con cierta morosidad, con precaución diplomática y sin el fuego interior que en ocasiones se trasmite en obras de este género.

A mediados de los años sesenta, don Rafael Giménez Siles ideó dos colecciones para Empresas Editoriales: "Cartas a los jóvenes (economistas, arqueólogos, políticos, etc.)" y "Nuevos escritores mexicanos del siglo xx presentados por sí mismos". La primera contenía el mensaje de los mayores a especialistas jóvenes sin desatender aspectos autobiográficos. Entre otros autores, destacaron las colaboraciones de Alfonso Caso, Vicente Lombardo Toledano y Jesús Silva Herzog. La segunda, en ediciones magras prologadas por Emmanuel Carballo, estuvo conducida por el propósito "de dar a conocer en páginas auto-biográficas la fuerte personalidad de los jóvenes escritores mexicanos del momento [...]". Menos de una veintena de auto-res —hombres en su totalidad— integraban las variantes listas en las guardas de los primeros títulos; sin embargo, no todos cumplieron y el original proyecto editorial no prosperó. Si bien algunos de los que fueran considerados escritores noveles resultaron aves de paso por las letras, otros como Sergio Pitol y Fernando del Paso destacarían como narradores; José Emilio Pacheco en la poesía y Vicente Leñero en la dramaturgia. De aquéllos, tres ensayos autobiográficos fueron especialmente importantes por su agilidad narrativa, por la inmediata in-fluencia que ejercieron en lectores más jóvenes y por apuntar cambios sustanciales en el uso del lenguaje. Otros no fueron escritos aunque sí anunciados. Tales son los casos de Pacheco y Del Paso.

A pesar de que sólo unos cuantos escribieron su autobio-grafía, allí quedó el brote de un cambio decisivo para nuestras letras. Gustavo Sainz, por ejemplo, incorporó el universo de los barrios, el habla marginada a la letra impresa, el desparpajo de la hora y el fin de una época de obediente conservadurismo. Carlos Monsiváis comenzó a crear al personaje Monsiváis que hoy representa con notoriedad: cronista mordaz del medio tono, difusor del lugar común, comentarista apasionado del cine y más entregado a la tarea del locutor participante que a la obra del escritor.

Destaca, asimismo, la autobiografía de Sergio Pitol; allí, el trasfondo formativo del escritor mexicano: sus lecturas, las dudas editoriales, el silencio de la crítica, un mundo que se descubre en otras lenguas, a través de obras y de paisajes; miedo y silencio, la dificultad inicial de reconocerse como indudable talento. Otros autores de la misma colección fueron Salvador Elizondo, Juan García Ponce, Marco Antonio Montes de Oca, José Agustín...

Víctor Manuel Villaseñor, por otra parte, publicó sus *Memo-*

rias de un hombre de izquierda, uno de los escasos testimonios mexicanos del género político.

Los pintores, principalmente, agregan a su búsqueda formal un recuento de episodios formativos, las vicisitudes amorosas o sus dificultades profesionales. En *Pensamiento y poesía* (UNAM, 1960) Manuel Rodríguez Lozano escribe y habla con otros mediante entrevistas; narra, cuestiona, expresa dudas y describe su relación con el arte, la cultura y con algunas personas de su tiempo. Fragmento de memoria, forma de auscultar la situación del artista en un medio hostil, desfavorable para la obra de creación. Tal documento resulta de utilidad toda vez que el estudioso busca elementos para comprender el mundo de los llamados Contemporáneos, la hora del Vasconcelos en campaña presidencial, los tormentos íntimos o sociales de Antonieta Rivas Mercado... Empero, no solamente ese México se encuentra allí, también aparecen juicios críticos a la pintura, comentarios o reflejos de un mundo que se antoja próximo y actual...

Y, por José Clemente Orozco, *Autobiografía* (Eds. Occidente, 1945), libro que, al contrario de lo que afirma su autor, resulta necesario para conocer su universo:

> [...] no hay nada de particular, ningunas hazañas famosas, ni hechos heroicos, ni sucedidos extraordinarios o de milagros. Sólo las continuadas y tremendas luchas de un pintor mexicano por aprender su oficio y tener oportunidades de trabajar. Lo mejor de mi existencia se ha desarrollado durante la época llamada revolucionaria y en esta ferozmente guerrera de convulsiones espantosas que muy bien pudieran terminar en parto de los montes, pero que de todos modos son de lo más divertido.

Lo particular, precisamente, consiste en ser el retrato escrito de uno de los mayores muralistas mexicanos de todos los tiempos, a través de un lenguaje espontáneo, chispeante e indiviso del tono irónico de los jaliscienses.

Con mucho qué decir y sin saber cómo escribirlo, Benita

Galeana, en *Benita* (1940), ha expresado su propio recuento autobiográfico. Casi analfabeta, dice o dicta los episodios inauditos de su juventud. Su lenguaje no va más allá de cien vocablos; sin embargo, tanta intensidad hay en el relato que al imaginar cualquier escena medio descrita, el lector completa las voces o las frases que le faltan. Más que autobiografía, *Benita* es el trazo de una pasión por vivir y el desesperado afán por descubrir, precisamente, un lenguaje.

Las cartas autobiográficas completan los ejemplos de este género literario en nuestras letras. La misiva de Vicente Lombardo Toledano a Henri Barbusse revela su tránsito del espiritualismo al marxismo, y de su filiación en la CROM (Confederación Revolucionaria Obrera Mexicana) a la lucha de clases, a través de la organización de los trabajadores en los sindicatos que, más tarde, conformarían la CTM (Confederación de Trabajadores de México).

Remontar al pasado, evocar los nombres, los rostros o los gestos amados en los rincones de su infancia de pueblo, fue lo que Andrés Henestrosa incluyó en *Tres cartas autobiográficas* (1969): "Retrato de mi madre (carta a Ruth Dworkin)", "Los cuatro abuelos (Carta a Griselda Álvarez)" y "Sobre el mí (Carta a Alejandro Finisterre)". Breve folleto en cuyas páginas domina la sensación de nostalgia, *Tres cartas autobiográficas,* al publicarse, rompe la costumbre mexicana de ocultar, entre lo inédito o impublicable, el acervo epistolar en primera persona.

Del pasado inmediato, una experiencia predominantemente oral en sus inicios y recogida, sólo en parte, en dos tomos: "Los narradores ante el público". En 1965, 1966 y 1968, a la sala Manuel M. Ponce del Palacio de Bellas Artes, acudieron narradores como: Rafael Solana, Juan Rulfo, Juan José Arreola, Jorge López Páez, Ricardo Garibay, Luis Spota, Rosario Castellanos, Sergio Galindo, Carlos Valdés, Inés Arredondo, Amparo Dávila, Carlos Fuentes, Juan García Ponce, Juan Vicente Melo, Vicente Leñero, José de la Colina, Irma Sepúlveda, Beatriz Espejo, Carlos Monsiváis, José Emilio Pacheco, Rubén Marín, José Revuel-

tas, Edmundo Valadés, Guadalupe Dueñas, Entina Dolujanoff
Salvador Reyes, Armando Ayala Anguiano, Raquel Banda,
Alberto Ramírez de Aguilar, Salvador Elizondo, Tomás Mojarro,
Gustavo Sainz, Fernando del Paso, María Luisa Mendoza, José
Agustín, Elena Poniatowska.

De "Los narradores ante el público" quedaría un antecedente: la curiosidad de difundir aspectos biográficos de los escritores mexicanos, quizá como parte de un cambio cultural que
señalaba, justamente a finales de la década de los sesenta, una
transición hacia la diversidad temática que hoy se observa
principalmente en la novela. Tales ejercicios, empero, poco o
nada modificaron al género autobiográfico. Tener qué decir y
saber cómo decirlo es lo que interesa a las letras, pues es de
este aspecto de donde procede la intensidad de los recuerdos
de Vasconcelos y no de su anecdotario íntimo: si a su memoria
se la separa de los recuentos nacionales, poco queda para el
arte narrativo de esos cinco tomos.

Para destacar la importancia de la monumental obra autobiográfica de José Vasconcelos he incluido, en estas páginas,
ejemplos que podrían emparentarse al género de *Ulises criollo,
La tormenta, El desastre, El Proconsulado* y *La flama:* libros que
reúnen un empeño sin precedentes toda vez que vinculan al
intelectual con los asuntos del poder, al narrador de excepción
con el hombre de lucha y al autor de escenas confesionales con
quien más hondamente ha manifestado los efectos de sus
padecimientos políticos. Por él conocemos, por su literatura, el
drama que ha distinguido la extraña comunión de la política y
las letras.

Cuando él difundió la primera edición de *Ulises criollo*
(1935), los lectores mexicanos sufrieron, en verdad, un gran
desconcierto: uno de sus escritores, por vez primera, les espe-
taba algo más de 800 páginas confesionales, tramadas de
pasión política y erótica, sembradas de adjetivos y de frases
condenatorias del sistema político. Y con el asombro causado
por el relato de sus adulterios, de sus confesiones lujuriosas o

de sus vaivenes por el paisaje mexicano llevaba Vasconcelos, también, las formas de un estilo que habría de sacudir, desde sus cimientos, la prosa del momento. *Ulises criollo* era algo más que memoria recreada: puente testimonial entre la vida y la pluma; es decir, Vasconcelos rompía de pronto las tendencias literarias de dos tiempos mexicanos: el de su generación del Ateneo, cuyas inclinaciones estilísticas más generales detestara desde su juventud y, el vanguardista, ávido de experimentación innovadora, que representaba el grupo Contemporáneos, principalmente. Dos extremos que no sólo quedaban en la natural distancia generacional, sino en sus aspiraciones estéticas, culturales y políticas.

La costumbre del susurro acabó de pronto. Vasconcelos —inaudita acción en nuestras letras— publicaba "su verdad" respecto del pasado inmediato y al recuento de episodios agregaba la condena, el juicio político o la interpretación de parte respecto de los sucesos. Y eso fue, precisamente, lo que más desconcierto provocaba en los lectores porque si alguna influencia colonial ha prevalecido es la de no emitir comentarios políticos directos y la de no comprometerse, por ignorancia, pereza o temor a la sanción, con opiniones adversas a quienes ejercen las tareas de gobierno.

Un velo de inconformidad se rasgaba de pronto mediante la palabra impresa. Aunque Vasconcelos hubiera practicado el periodismo conocido como "de golpe", durante 1920, inauguraba con su autobiografía algo que los intelectuales mexicanos no practicaban: escribir, como voz y parte, aspectos de una lucha social indivisa del dilema de Sarmiento: civilización o barbarie. Él, protagonista y autor del mayor empeño en favor de la cultura; luego, líder mancillado en 1929 y hombre de ideas que desde otras fronteras se detiene a repasar los hechos que antecedieron la hora del "tirano", Plutarco Elías Calles, se levantaba por encima del Mal que ensombrecía a la patria. Lejos ya de la posibilidad de acción, hacía de la pluma un nuevo instrumento del "ángel exterminador":

La pasión por los hechos comprobados y la síntesis como fin de una labor sostenida, no fueron, para Vasconcelos, formas intelectuales de la pasión, porque no eran, al golpe de vista, maneras amplias de vivir y abarcar lo que ansiaba a expensas de la imaginación y la norma de lo que debía ser. La emoción, por simpatía o discrepancia, sustituía su entendimiento. La concepción catastrófica de la vida mexicana se advierte en sus adjetivos, la mayor colección de agravios sobre el país, y en sus elogios ante los únicos buenos: Cortés, los misioneros del XVI, Lucas Alamán, Madero. La perversidad consumaría la caída a partir de 1913 [...][13]

Una pasión, sí, la primera capaz de hacer de la historia nacional sucesión de episodios de una biografía individual: la suya propia. García Cantú advirtió con sagacidad el trasfondo mesiánico de la actitud vasconcelista; sin embargo, no se trataba, exactamente, de un enjuiciamiento ético de la realidad, sino de algo más que, acaso, arrastrara desde sus días de ateneísta: la fatiga del subdesarrollo, cansancio generacional de eso que después calificaría de barbarie, de primitivismo irredento. Tal urgencia por la superación de la cultura, por una forma de progreso regido por la razón educada y sensible a la expresión civilizadora de las artes, ya era ostensible cuando organizaban conferencias y discutían en torno a Pedro Henríquez Ureña.

Más que sus coetáneos mexicanos, por sobre la aún imprecisa influencia que Henríquez Ureña ejerciera en Vasconcelos, concretamente, se levanta por encima de sus páginas la figura nietzscheana que apela por la cultura de la grandeza en horas de pasión wagneriana. En su *Monismo estético* —texto próximo a tales lecturas—, Vasconcelos es claro en su intención estética: hacer de las letras una *sinfonía;* concierto, el más alto, de la razón con la forma armónica de los símbolos expresivos; es decir, para él, y así lo sostuvo siempre, el dilema no consistía en encontrar coincidencias entre el discutido fondo con la tri-

---

[13] Gastón García Cantú, "Vasconcelos, historia y...", *op. cit.,* p. 18.

llada forma, tan en boga durante los años treinta y cuarenta, sino que lo fundamental para un creador llamado a enriquecer con su obra personal el acervo civilizador de la patria, consistía en unir la fuerza de una emoción apasionada a la intención regulada por las ideas: sinfonía, sí, que se ensancha, explora el universo y convierte el discurso en precisa ciencia lógica que "desenvuelve la pluralidad infinita organizada en normas".[14] Para él, la prosa es el recurso expresivo del espíritu: su sustancia misma cuyas finalidades, a través del estilo, no son otras que comunicar o convencer.

Y él, apenas comenzar su sinfonía autobiográfica, se dio a la tarea de convencer a la manera del más alto estilo de ópera alemana: música de Wagner, evocaciones míticas —Quetzalcóatl y "Huichilobos"— y el trasfondo del voluntarismo histórico que desde Schopenhauer y Nietzsche descendía al ejemplo del mestizaje mexicano, con una peculiaridad: si la sociedad era irredenta, Vasconcelos, por sí mismo, protagonizaría la conversión de sí en obra cultural: de allí su sentido mesiánico y de allí, también, su intención civilizadora mediante la decisión individual del cambio. (Recordemos el ejemplo de Goethe.)

Como Nietzsche, Vasconcelos también procuró interpretar el carácter de su cultura. Sus primeras páginas son las de la exploración del sentido; guía orientadora de sus inclinaciones filosóficas las cuales, bien a bien, nunca lo condujeron a premisas o a conclusiones interesantes. Nietzsche, ciertamente, no lo incitaba a realizar su destino en la filosofía, sino, como corresponde a la fase de Zaratustra, al ejercicio de la voluntad de poder: tal el Vasconcelos fundador de la Secretaría de Educación Pública quien, consciente de la capacidad transformadora de sus ideas, repudió proyectos, sugerencias y proposiciones de quienes lo instaban a "experimentar" o a "explorar las condiciones de la enseñanza". Abominó de los "teóricos" de la

---

[14] José Vasconcelos, "La sinfonía como forma literaria", *Monismo...*, *op. cit.*, p. 21.

educación y anteponiendo la frase "las ideas las fabrico yo…" conminaba a sus colaboradores a dedicarse, solamente, a tareas concretas cuya eficacia se desprendiera de la necesidad.

La del educador es la fase más próxima al Nietzsche en tránsito de *El origen de la tragedia* a *Así habló Zaratustra*. Su vida como intelectual se debatía entre las inclinaciones apolíneas de sus curiosidades filosóficas y el desbordamiento dionisíaco que va de lo puramente lujurioso en su relación con Adriana, hasta la sublimación del asceta que sólo se entrega al placer de la obra de creación. Frase a frase, Vasconcelos mismo va trazando sus ligas de identidad nietzscheana hasta hacer suyo el lenguaje de voluntarismo, una expresión propia frente a la cultura y su sentido moral:

> Ni el escritor, ni el profesional, ni el político podrán consumar tarea de fondo si no se someten a regla casi monástica, si no prescinden de los halagos del trato y aun de las satisfacciones de la familia y de los amigos.[15]

Como Nietzsche, o acaso influido poderosamente por sus lecturas, Vasconcelos va en busca de los griegos y de las lecciones orientales o hinduístas en pos de un sistema de equilibrio, de una "sinfonía". En realidad, se aproximaba a la filosofía como un medio de afirmación de su voluntad de vivir; es decir, como el filósofo prusiano, Vasconcelos abominaba del "filisteísmo cultural", de la comodidad heredada por una cultura lerda, lenta y medianamente fecunda. Pero no solamente de sus expresiones más inmediatas, sino del trasfondo antiestético y de leve originalidad. Tal la causa por la que, cabalmente, no se entendió con los miembros de su generación intelectual y por la que, incluso frente a Antonio Caso a quien, conforme lo escrito en sus memorias, más respetaba, llegó a considerarse el profeta de la raza mestiza: con él, el Bien de la razón y la condena a siglos de pasiva mediocridad; por él, el ascenso del

---

[15] José Vasconcelos, *El desastre, O. C.*, t. I, *op. cit.*, p. 1279.

nuevo Quetzalcóatl investido de razones vitalistas; guerrero combativo a quien nada arredra, y prelado de la civilización iberoamericana de la modernidad.

Desmesura y actitud existencial regida por el constante riesgo de vivir fueron, como en Nietzsche, categorías vasconcelianas. Todo riesgo avalaba su genialidad y cualquier acción justificaba su embate a la estupidez. Superhombre iluminado por Atenea, conducido por la ruta de los evangelizadores del siglo XVI, ennoblecido en sus principios éticos por la moral de la Cruz y aspirante a una estética redentora de la América hispana, José Vasconcelos, en el acto más trascendente de su vida, discurrió la transformación de la barbarie mediante un programa que, en verdad, se antojaba no sinfonía creadora, como lo hubiera sospechado cuando autor del *Monismo estético,* sino *bella ópera de acción social,* como dijera D'Annunzio al enterarse del programa básico de la nueva Secretaría de Educación Pública mexicana:

Mi plan estableció un Ministerio con atribuciones en todo el país y dividido para su funcionamiento en tres grandes departamentos que abarcaran todos los institutos de cultura; a saber: escuelas, bibliotecas y Bellas Artes. Bajo el rubro de Escuelas se comprende toda la enseñanza científica y técnica en sus distintas ramas, tanto teóricas como prácticas. La creación de un Departamento especial de Bibliotecas era una necesidad permanente, porque el país vive sin servicios de lectura y sólo el Estado puede crearlos y mantenerlos como un complemento de la escuela: la escuela del adulto y también del joven que puede inscribirse en la secundaria y la profesional. El Departamento de Bellas Artes tomó a su cargo, partiendo de la enseñanza del canto, el dibujo y la gimnasia en las escuelas, todos los institutos de cultura artísticas superior, tal como la antigua Academia de Bellas Artes, el Museo Nacional y los conservatorios de Música. También desde la escuela primaria operan juntos los tres departamentos, encargados cada uno de su función: las ciencias enseñadas por la escuela propiamente dicha; la gimnasia, el canto y el dibujo a cargo de especialistas y no del mismo maestro normal, y la Biblioteca al servicio de todos, en sus diversos departamentos: infantil, técnico, literario, etcétera.[16]

Simple en su exposición, brillante en cuanto propósito de acción y absolutamente irrealizable en un gobierno de poder personal, teñido de luchas entre caudillos y caciques y aún informe respecto de sus compromisos nacionales derivados del cumplimiento constitucional.

Vasconcelos, heredero espiritual del signo de la voluntad de poder del pensamiento germano, omitió un detalle peculiar de la realidad mexicana: los grandes ideales, entre nosotros, no han procedido de una voluntad individual, sino de tres revoluciones sociales.

El Nietzsche que aspira a la voluntad de poder, el que pregona la libertad y el goce de vivir, ejerció una permanente atracción sobre aquel Vasconcelos que quiso encontrarse en el vigor de las pasiones heroicas.

El tema de las influencias es arriesgado: suele confundirse simpatía con dominio. Bien a bien, nunca ha quedado claro este término con respecto a la literatura. Para evitar peligrosas analogías o afirmaciones temerarias, es preferible señalar parentescos; es decir, los autores se eligen entre sí porque una parte de sí se reconoce en el otro; también porque el otro aclara, plantea o examina situaciones que el uno encuentra complementarias o coincidentes. El parentesco surge cuando un autor, al descubrir al otro, extiende sus lazos de identidad. Hay quienes se encuentran en el estilo y, en tratándose de ideas, en métodos o proposiciones.

Goethe, por ejemplo, se convirtió en símbolo de hombre clásico; Nietzsche, en autor de una aventura existencial, la del Superhombre que vive en constante peligro por haberse desprendido de los valores de una cultura decadente. Hombre en

---

[16] José Vasconcelos, *El desastre, O. C.,* t. L, *op. cit.,* p. 1225-1226.

quien la voluntad de dominio se revela en toda su fuerza y opone la Virtud a la moral convencional.

Si el Superhombre tiene alguna moral, es la moral del señor, opuesta a la moral del esclavo y del rebaño y, por lo tanto, opuesta a la moral de la compasión, de la piedad, de la dulzura femenina y cristiana.[17]

Moral que, en medio de contradicciones personales, sirvió a Vasconcelos cual piedra de toque o punto de partida para ejercer, desde su propia voluntad de poder, las acciones transformadoras de su medio cultural.

Existen indicios que nos permiten suponer el ánimo espiritual de algunos ateneístas. Todos ellos coincidieron en el gusto por rescatar los ideales de la Grecia antigua. Podría decirse que de tales lecturas proceden sus posteriores preferencias políticas: la democracia como proposición ciudadana; la libertad como conquista de la razón; la justicia, derecho heredado de la cultura; y la superación educativa, signo, el más alto, de los empeños civilizadores. Filosofía, tragedia y concretamente el descubrimiento y la valoración de la persona humana, fueron temas de discusión que habrían de conducirlos, a cada uno de ellos por vías diferentes, a la necesidad de unificar nuestra cultura en función de lo que Henríquez Ureña llamara "La hora de América".

En la prosa de Martín Luis Guzmán, por ejemplo, puede advertirse su asimilación de la tragedia. Ni qué decir de la importancia de aquellos griegos en la obra completa de Alfonso Reyes. De entre los ateneístas sería él, precisamente, el del interés sostenido por la aventura ética del pensamiento educado. Sus temas parecen unidos por lo apolíneo y, como lo escribiera respecto de Goethe, Reyes aspiraba a convertirse en "ciudadano del mundo": hombre de letras y difusor de valores

---

[17] José Ferrater Mora, *Diccionario de filosofía*, 4 vols., Alianza Editorial, Madrid, 1979, t. III, p. 2361 (Alianza Diccionarios).

clásicos, afanado en la perfección y sin compromisos arriesgados en lo político.

Vasconcelos, como sus coetáneos, quedaría marcado por aquel indudable sello. Aristófanes y Esquilo, sus referencias; sin embargo, un temperamento desmesurado, proclive a la heroicidad o al desprecio activo, encontraría mayor bienestar entre las páginas de Nietzsche que en la lectura de Prometeo. Nietzsche aprendió de los trágicos a explorar todos los rumbos de la conciencia y, como ellos, ahondó con desmesura en los misterios de la vida. "Desbordado grandioso", lo llama Vasconcelos al examinar cómo, por su voluntad de poder, el filósofo va más allá de sí y de su cultura para explorar, igual que lo hicieran lo griegos, la música o el pesimismo desesperado.

En *Ulises criollo,* empero, se leen otras filiaciones de su voluntarismo juvenil. Descubrir a Dante, afirmó, fue descubrir "el genio del Hombre". En un tendido de libros del antiguo jardín de las Cadenas, en el costado oriente de Catedral, compró con la última moneda de su mesada un ejemplar de *La Divina Comedia* que, aseguraba, modificó su vida porque, como el poeta, él se dispuso "a correr todos los azares de la fortuna" con tal de que su conciencia no se lo reprochara.

Que fueron febriles y releídas sus jornadas de estudio, a partir de aquel volumen de cantos de oro y percalina roja, en cuya portada estaba el perfil "conmovedor" del poeta, al centro de un medallón dorado, escribió entusiasmado: "Música que penetra y fortalece, dejándonos ricos para siempre". Y es que Dante, en esa hora, llegaba a él con la palabra exacta. Antes, mucho antes de que el mexicano siquiera se interesara en las oscilaciones del porfiriato, descubrió en el Canto Vigésimo Cuarto los imperativos fundamentales de su existencia:

> Pues te conviene, tu pereza espanta,
> que en la blanda pluma
> fama no has de ganar [...]
> quien sin ganarla su vivir consuma

igual vestigio dejará en la tierra
que humo en el aire y en el agua espuma [...]

Aquel "Levántate, de ti el sopor destierra..." tuvo en él el efecto del más radical acto de conciencia. Dante fue detonador, un cauce y guía perdurable de su conducta. Definió el infierno, comprendió la oscuridad y no hizo, desde entonces, sino combatir a hierro y fuego la condición primitiva. Como poseso repetía los versos y a todos proclamaba que ninguno, salvo Dante, merecía el apelativo de filósofo. Spencer, Newton, Comte... nombres que ascultaban pobremente la maraña de los hechos para descubrir un hilo conductor, le parecían usurpadores de un saber ya declarado, inútiles lecciones que en nada eran capaces de aproximarlo a la grandeza:

> Porque el ser, guía y maestro de Dante, me llevó a hojear la *Eneida,* en traducción francesa, es cierto, pero también es cierto que después de *La Divina Comedia,* escrita en presencia de Dios mismo, no se puede tolerar al poeta servil que alaba a Augusto y el tema lo recibe prestado y lo aprisiona en una lengua antilírica. Dante no sólo tenía par en toda la literatura, ¡su creación era más que literatura! En Milton se advierte el artificio; en Shakespeare cansa la vena patética de ambición herida y siempre humana. Únicamente Dante en cada verso plasma una porción de realidad eterna. Y a pesar de su trascendentalismo, suele humanizarse en gritos dignos del *Prometeo* de Esquilo:

> *Pueblo malo e ingrato que en un tiempo descendió de Fiésole [...]*
> *será tu enemigo por lo mismo que le prodigas el bien [...]*

Quizá, en estos versos, Vasconcelos encontraba la identificación inconsciente de su destino. No deja de asombrar la peculiaridad con la que los mexicanos se han acercado al humanismo. No de grandeza, sino de lucha, han sido sus lecciones asimiladas. Por sobre los romanos y los humanistas españoles, Grecia ha prevalecido entre las referencias constantes: Grecia, y Dante en ocasiones. Acaso sea el sentido de la tragedia lo que más haya movido nuestras conciencias sensibles al clamor de misericordia frente a designos que se antojan inamovibles, como la sanción de los dioses. Tal vez sea temerario afirmar que el humanismo, por sobre otras conquistas perdurables, ha tenido en México el signo de las referencias distantes porque, salvo las proposiciones de Las Casas, ha perdurado cierto desfasamiento de lo real respecto de la abstracción de la naturaleza de Hombre. Temerario pues, aunque no demasiado si consideramos que en nuestra cultura aún no contamos con verdaderos filósofos ni hemos creado un sistema del pensamiento.

En este sentido, la gran aportación de Alfonso Reyes, contemporáneo de Vasconcelos, sería la determinación de nuestros orígenes helenocéntricos porque a partir de ellos, y mediante el influjo acumulativo del saber, vamos deslindando, poco a poco, una identidad cultural aún confusa en nuestros antecesores. En Vasconcelos es transparente la incertidumbre. Se la reconoce desde sus primeras inquisiciones doctrinarias, aumenta al paso de sus cuartillas dedicadas a una búsqueda, diríase desesperada, del sentido de ser nacional y prosigue, sin encontrar un verdadero camino de salvación, a lo largo de sus memorias. Sólo así resulta explicable tan apasionado retorno al fervor religioso y no, como sería de esperar en una mentalidad deslumbrada por el signo de Prometeo, al clacisismo empeñado en destacar las virtudes para depurar el espíritu.

Los miles de páginas que forman su autobiografía están tramadas con pasión contrita. Su lucha, al parecer, oscilaba entre lo apolíneo y lo dionisiaco. Todo podría afirmarse, menos que el suyo fuese un temperamento equilibrado. En su vida abundan el grito y el rayo: adjetivos lanzados con fuego, en buena prosa, para encomiar la injuria, el denuesto y la indignación nacional. Lo que escribía bien escrito estaba. Por eso su lectura persuadía, enardecía los ánimos y provocaba discusiones.

Es probable que hubiera muerto sin conocer la mesura y sin

gozar de un solo día de paz interior; a cambio de ello, disfrutó del riesgo que acarrean las decisiones extremas y conoció, como pocos, la delgada hebra que separa la pasión entre el poder y las letras. Si por el lenguaje escrito aspiraba a representar al intelectual reflexivo, al crítico político y al creador de obras perdurables por la fuerza expresiva de su prosa, por medio de sus luchas por alcanzar las más altas posiciones gubernamentales, buscaba satisfacer su certeza de ser un conductor de hombres, un agente del destino para modificar la realidad del país y hasta la de cada hombre y mujer que se transformaban por la vía de la educación.

Tan apasionado en la acción política como irracional en ciertos odios sostenidos, nada hay en él que sugiera tolerancia o conformidad. Hasta las épocas de paz social e inclusive durante los gobiernos de Cárdenas, Ávila Camacho o de Miguel Alemán, por diferentes entre sí que fueran, Vasconcelos conservó ese tono apocalíptico y condenatorio que lo distinguió en su juventud. Hombre de altas temperaturas, de reacciones veloces, en él ocurrió algo común entre mexicanos: desordenados en el amor hasta la madurez y devotos radicales —casi fanáticos— al final de sus vidas.

En tales extremos triunfó, paradójicamente, el catolicismo cerrado. Extraño fenómeno el suyo: en tanto crecía su interés por la voluntad de poder, se iba infiltrando, igual que la carcoma, un lamento imbuido de religiosidad; sin embargo, insistía entre párrafos desbordados en el poder de la razón. Conforme sus propios términos "la tragedia griega es un concierto de la pasión desenfrenada de Dionisios, y el sentido de la contemplación estética que se deriva de Apolo",[18] lo cual, indirectamente, podría aplicarse a sus aspiraciones, no a la supuesta tragedia que protagonizara como educador, profeta y líder incomprendido en este medio bárbaro que "no lo merecía".

Vasconcelos se aproxima a la veta dionisiaca del Nietzsche

[18] José Vasconcelos, "Nietzsche (1884-1900)", *Manual de filosofía, O. C.,* t. IV, p. 1146.

cercano a Wagner. Lo intimida el autor de *Ecce Homo* cuya soberbia, dijo, habría de pagar muy caro: "Andarse sintiendo otro Cristo o un Anticristo, no es juego que queda impune, ni lo resiste la mente".[19] Menos arriesgado, en su caso, fue convertirse en profeta del Apocalipsis, en *Ulises criollo* o en el mítico redentor de los mexicanos, Quetzalcóatl, reencarnado en el líder político en campaña electoral. La fuerza poética de *Así habló Zaratustra* fue, seguramente, una de las impresiones más perdurables de Vasconcelos, aunque no hay que descartar su relación con Wagner y todo lo que ello implica en cuanto a sus vínculos con la mitología, con el drama y con las aspiraciones totalizadoras de sus composiciones. Uno y otro personajes, héroes del romanticismo, se acomodan con facilidad al carácter de Vasconcelos por su genio, por sus cuestionamientos a la cultura burguesa y porque uno y otro, cada uno a través de su expresión creadora, oscilaban entre la fuerza de la razón, la voluntad de poder y el desbordamiento extremo de sus pasiones. Eran *genios,* diría Vasconcelos con entusiasmo. Como la de ellos, su lucha no se concentraba en la conquista de la vida en sí, sino en el ejercicio de la voluntad de poder, el poder.

Las simpatías temperamentales establecen, como puede observarse en las memorias vasconcelianas, un indudable parentesco con Nietzsche. De él observó peculiaridades que bien podrían atribuirse al imaginario Vasconcelos de la grandeza incomprendida. Y la tenía, ciertamente. Pero su drama era, en todo, más complejo que el de Nietzsche: en rigor, Vasconcelos no fue filósofo; tampoco esteta ni poeta. Lo mejor de su obra procede de la exploración exaltada de sí mismo y del culto a sus hazañas perdidas. Su campaña educativa es obra de gran talento pero, como casi todas sus tentativas creadoras, ésta no prosperó. Así, un hombre dividido en dos planos fue desarrollándose a través de sus memorias: un protagonista de hechos evocados y otro, el profeta de la pluma, que va siguien-

---

[19] José Vasconcelos, "Nietzsche…", p. 1148.

do la línea imaginaria de sus ideales: tal el Vasconcelos nietzscheano empeñado en la voluntad, en la vía de la superación contemplativa. Personaje heroico y víctima de "la barbarie", este Vasconcelos recurrió a la tinta después de haber fracasado en otros ensayos de acción. Y en el lenguaje escrito habría de encontrar el eco que no alcanzaron sus hazañas políticas: poder del adjetivo, que no de la voluntad; fuerza verbal que persuadió a las generaciones que seguían de la suya al punto de convertirse, como lo advirtiera Gastón García Cantú, en el ideólogo de la derecha.

Muchas son las vetas que nos conducen a la indudable simpatía de Vasconcelos por Nietzsche; la obvia, sin duda, es la de su propia autobiografía. Una y otra vez insiste en sus atributos extraordinarios para levantarse, al menos a través de la palabra, cual reencarnación mítica de un superhombre americano, producto de sus orígenes helenocéntricos y del mestizaje de su raza cósmica. No era de índole filosófica la atracción que el mexicano sentía por el filósofo, sino simbólica; es decir, en sus postulados encontraba complementos teóricos, poéticos o simplemente dionisiacos a sus proyectos existenciales. Para definirlo, Vasconcelos observó aquellos aspectos de Nietzsche que, sin duda, más le impresionaban:

> Perteneció Nietzsche a un género nuevo de filósofo, el filósofo esteta, el filósofo poeta. No llega a profeta, aunque su genio es de índole profética, porque le falta la fe en las evidencias que trascienden en sentido ordinario [...] Fue un conato de héroe, y un vidente rudimentario [...][20]

Es interesante observar que en su breve ensayo sobre Nietzsche, Vasconcelos no atendió a su método ni su sistema de ideas, excepto en sus aspectos más generales y comunes. Nada original en esas afirmaciones, salvo su insistencia en el carácter débil, enfermizo, del filósofo de la voluntad de superación.

[20] José Vasconcelos, "Nietzsche...", p. 1142.

Celebraba su capacidad especulativa, su fuerza poética y por sobre todo, *su genio*. Él mismo, desde su repudiada experiencia mexicana, habría de mostrarse como un espíritu de excepción, de "alma refinada" —como diría en el mejor estilo decimonónico— y apto para ejercer su voluntarismo. Se reconoció profeta, él si, y a diferencia de Nietzsche llegó a creerse "ángel exterminador".

Espíritu de excepción, conforme a sus propios juicios, lo fue desde niño. En el *Ulises criollo* abundan referencias en tal sentido; sin embargo, ningún atributo significado realmente merecía destacarse en un hijo curioso o en el joven estudiante que intercambiaba lecturas con su madre y las comentaba con una hermosa adolescente. Las anécdotas familiares o escolares que refiere en su primer tomo autobiográfico no denotan calidades asombrosas; sin embargo, sí es clara esa urgencia suya por encontrar el tono mayor de una expresión vigorosa. Como maderista, tampoco se advierten aportaciones originales o actos más allá de lo que otros coetáneos hicieran ante el cambio de régimen. Estuvo cerca de Madero pero, acaso por falta de tiempo, no quedó de él alguna huella política que enriqueciera la lucha democrática de la hora.

Sus estancias en el extranjero, principalmente en los Estados Unidos, serían periodos de concentración de energía. En *La tormenta* narra con entusiasmo su descubrimiento de la obra de Lunacharski. En tales pasajes, localizados en la ciudad de Los Ángeles, ya se deja ver al hombre que va determinando una acción y un proyecto de ser. No concibe el triunfo de los bárbaros ni el predominio, como se lo dijera Juan Andrew Almazán durante un encuentro en San Antonio, de la fuerza para someter aquello que sólo se logra con fuerza. Él observa, discute y recoge cuanto considera indispensable para ser aplicado en su oportunidad. Si de algo estuvo convencido, en cualquier época de su vida, fue de que estaba llamado a las grandes empresas.

Por revelador, el siguiente pasaje debe ser recordado porque en él se trasluce cómo se fue gestando la obra que, al decir de su autor, más lo ufanaba y regodeaba: la edición de los mejores libros de la humanidad, a precios accesibles, para que los pobres tuvieran acceso a los privilegios de la cultura que sólo gozaban los ricos:

> En cafés y modestas fondas pasamos horas largas discutiendo los métodos de Lenin o las novedades introducidas en Educación, por Lunacharski. Una de ellas la copié cuando me tocó dirigir la educación de México: la edición de los clásicos, que ciertos escritores de renombre local me han criticado suponiendo que se trata de una medida aristocrática... Oyen la palabra clásico y caen en la trampa... No, señores despistados; la idea fue de Gorki y la tomé de Lunacharski... Gorki es plebeyo, plebeyo genial, que se acordó de los suyos y se dijo: Hay que abaratar los clásicos... hay que darlos a los pobres... No es justo que sean privilegio de ricos... Qué mejor tesoro por repartir.[21]

Es curioso: los mayores resentimientos de Vasconcelos al paso del tiempo no serían, en lo que a la educación se refiere, por la actitud de los políticos. Abominó de los intelectuales "prudentes", a los que asociaba al estilo de algunos ateneístas tan sembrado de ideas, referencias o párrafos de otros autores. Su impulso dionisiaco lo apartaba de temperamentos como el de Alfonso Reyes, por ejemplo, aunque éste lo llamara "el caballero del alfabeto", por su cruzada alfabetizadora.

Y no es extraño reparar en eso: de aquel grupo sería Vasconcelos el llamado a ensayar con la improvisación y a actuar conforme el legado de una tradición cultural. Ése es el contenido de *De Robinson a Odiseo* (España, 1938) y ésa fue, en su vida, la cifra culminante de su vigor dionisiaco.

Como rector de la Universidad y luego como secretario de Educación Pública, Vasconcelos repudió a quienes lo acosaban

---

[21] José Vasconcelos, *La tormenta, op. cit.,* p. 1187.

con ideas o con teorías pedagógicas. Deseaba "actividad creadora", no proposiciones que a nada conducen: "Lo que el país necesita es gente que ya sepa lo que hay que hacer y se dedique a ello con sinceridad".[22] Y es que él concebía la pasión como medio cultural para alcanzar una edad vigorosa —la de Dionisos— e impregnarla de heroísmo. No se trataba de trasmitir técnicas al modo estadunidense ni de incurrir en repeticiones ociosas de otros proyectos formativos. A Vasconcelos le entusiasmó siempre la posibilidad de *inventar* al nuevo mestizo, de crear los cimientos de una cultura de la grandeza.

Desde la Secretaría habría de realizarse, por primera vez en el siglo, una tentativa civilizadora que no acababa en las fronteras mexicanas. Lo importante de este empeño es que Vasconcelos se anticipaba al mayor drama de nuestro tiempo: el de la penetración norteamericana. Insistió en la formación latinoamericana, en los ideales conjuntos desprendidos de problemas, historias y de necesidades semejantes a todas las naciones de nuestra América. De haberse realizado su proposición, con inteligente constancia, ahora estaríamos mejor preparados para afrontar los embates sociales, políticos y económicos de los Estados Unidos. Y no sólo eso, acaso podríamos contar —como ya es inminente— con una alianza iberoamericana para fortalecer nuestra posición cultural conforme a los principios del derecho internacional.

Crear un movimiento de liberación espiritual e "ilustrar las conciencias" en favor de una América nuestra, libre y justa, fueron, en principio, las aspiraciones más claras de Vasconcelos desde sus días de funcionario al lado de Eulalio Guitiérrez, y que quizá como herencia asimilada del bolivarismo de Pedro Henríquez Ureña.

Aceptar un desafío como el de educar a una población ignorante casi en su totalidad, y civilizar un medio afectado por la violencia armada, era la mayor hazaña de su espíritu creador.

---

[22] José Vasconcelos, *El desastre, op. cit.,* p. 1267.

Hombre de imaginación indudable, nunca cayó en el "frío racionalismo" que tanto despreció. A la rectoría universitaria no llegó con intenciones limitadas, sino con la certeza de que, desde su escritorio y a partir del gobierno provisional de Adolfo de la Huerta, comenzaría la obra más digna de la Revolución y la única que, a la postre, habría de transformar, culturalmente, ese bárbaro estallido.

Dionisos, no Apolo, comandaría la aventura del espíritu. La inteligencia era, en esos momentos, menos útil que la pasión creadora. Se requería de vigor heroico, de voluntad para "romper las cadenas del coloniaje espiritual". Frecuentemente repite que no deseaba rodearse de "investigadores" o de personas acostumbradas a avalar afirmaciones con palabras o ideas de otros; destacaba la importancia de la respuesta vital, casi improvisada, a la necesidad que de siglos atrás sólo requería de *voluntad* para modificarse. Hombre de contradicciones, al fin y al cabo, no sería cual político de acción como habría de definirse, sino como "filósofo (a quien) el destino le llevó a la tarea de educar un pueblo".[23]

Para él, toda pedagogía es la puesta en acción de alguna metafísica; la suya estuvo apoyada en dos ideas fundamentales y en algunas lecciones tomadas de la experiencia de los evangelizadores del siglo XVI, del ejemplo del "buen maestro" o del saber análogo al del hortelano egipcio quien, de entre toda la verdura del campo, logró el prodigio de la lechuga. Advirtió la importancia de que el niño, al margen de ideologías impuestas deliberadamente o de prejuicios que lo deformen, esté próximo a *la verdad más alta,* la verdad de todos, que sólo se adquiere mediante el conocimiento (las lecturas), la curiosidad y el fomento de aptitudes en un medio que no le sea ajeno ni contrario a las enseñanzas recibidas.

Las ideas básicas dan título a su obra pedagógica:

---

[23] José Vasconcelos, *De Robinson a Odiseo. Pedagogía estructurativa, O. C.,* t. II, p. 1496.

Simbolizó en Robinsón el método astuto, improvisador y exclusivamente técnico, que caracteriza la era anglosajona del mundo. Época eficaz, pero desprovista de genio, no alcanzó la cohesión del romano, y hoy declina sin gloria, en tanto que el latino rejuvenece y se decide a no caer con el derrumbe de quienes temporalmente nos dominaron [...]

Pasada la embriaguez del mal vino, volvemos al vino bueno de nuestra tradición resucitamos a Odiseo para oponerlo al simplismo de todos los Robinsones. Y nos instalamos en la novedad y aceptamos su reto, pero a fin de trabajarla con toda la sabiduría que atesora la mente. No basta con el pioneer inductivo que fabrica utensilios. Hace falta el totalismo clásico en esta hora de reconstrucciones y de universalidad. Robinsonismo, empirismo, filosofía de la ruta, es menester completarla con la teoría de los fines, la metafísica del bienaventurado desinterés y la conquista de lo absoluto.[24]

Asombrosa asimilación de la voluntad de poder nietzscheana: Vasconcelos, por medio de su proposición educativa, pretendía la más alta empresa de la cultura ya citada por el filósofo. Acentuar el elemento dionisiaco para afirmar la vida allí donde reinaban la barbarie y el crimen; fortalecer la voluntad de vivir para no resignarse al peligro primitivo del ignorante, sino para trascender los límites de la cultura e ir más allá —nuevo hombre americano— en la aventura del conocimiento. Música, fomento de la sensibilidad estética, desmesura en las aspiraciones y cierta orientación apolínea para conocer la ciencia y desarrollar las aptitudes de la eficacia eran, en verdad, un traslado agudo de lo que sería proposición filosófica al hecho de criticar, desde sus raíces, lo que Nietzsche llamara el "filisteísmo cultural".

Iluminismo nietzscheano para fomentar el movimiento espiritual del hombre educado, y vitalismo para acentuar los ideales del pensamiento especulativo: voluntad y energía empeñadas en el desarrollo de los sentidos y en el ejercicio de

---

[24] José Vasconcelos, *De Robinson a...*, *op. cit.*, p. 1497.

la razón. Deseaba mexicanos con aptitud estética, con su imaginación orientada hacia el progreso. Vasconcelos llevaba al cabo las síntesis aleccionadoras de la civilización: la tragedia griega, el humanismo de los evangelizadores, la filosofía de la hora y una experiencia concreta: la de Lunacharski en la Unión Soviética.

Pese a la proximidad económica y a los intereses particulares que lo estrechaban al mundo de los negocios norteamericanos, desde su antiguo despacho de abogado, Vasconcelos asumió una peculiar repugnancia al símbolo estadunidense. Lo asociaba al materialismo soso, sin sentido de grandeza y desprovisto del vigor placentero de Dionisio; al mismo tiempo les reconocía su inigualable capacidad para organizar y para poner al alcance de todos las mejores obras de literatura universal en las bibliotecas mejor provistas. Su odio/amor a los Estados Unidos nunca quedó resuelto. Toda vez que tenía problemas en México salía hacia ese país y allí se quedaba sin mayores dificultades. En sus memorias se encuentran varias referencias al orgullo que sentía por dominar el idioma inglés como si fuese su lengua materna e inclusive por la facilidad con la que se desplazaba entre ellos. Por sus filiaciones políticas sostenidas y por su clara oposición al imperialismo, Gastón García Cantú en *El pensamiento de la reacción mexicana,* habría de incluirlo en lo que llamó "el antimperialismo reaccionario".

Al Odiseo de su teoría correspondió reconocer la obra educativa del liberalismo mexicano; concretamente la de Gabino Barreda y su doctrina positiva. En rigor, sus principios pedagógicos tienen una inteligente simplicidad. Se trata de evitar improvisaciones allí donde debe aplicarse la obra de la civilización, la imaginación inventiva y la curiosidad cuando la necesidad lo requiere. Por otra parte, afirma Vasconcelos:

> Las condiciones de la edad moderna están reclamando un Odiseo
> más internacional que universal. Viajero que explora y actúa, descubre y crea, no sólo con las manos, porque ni quiere ni puede

deshacerse del bagaje que le ensanche el alma, el ingenio y los tesoros de la cultura milenaria.[25]

Necesitamos un Odiseo, agrega, que no parta de un Bacon para ejercer su útil inventiva circunstancial; hay que remontarse a un Aristóteles o al legendario Yajnavalkia. Es preciso, inclusive, considerar al Moisés fundador de nuestra civilización. Es decir, la imaginación, para ser eficaz respecto del saber, no debe cerrarse a la sola posibilidad de lo inmediato como lo propone Dewey, imbuido de la doctrina protestante del *do it yourself* anglosajón. Un Odiseo de nuestro siglo quien, por la extensión de su saber y por los recursos actuales de nuestra cultura, sobrepase al Odiseo homérico, aunque sin perder su lección original: "aspirar —dice— a la más alta ambición viril de la época".

Ni él mismo hubiera imaginado cuál sería el resultado de su proyecto sinfónico de la literatura. Ese concepto de la totalidad, derivado del drama musical de Wagner y de las mismas concepciones estéticas de Nietzsche, no lo consiguió como filósofo o escritor, sino como educador empírico. Allí, en la disciplina más vasta y universal, vinieron a congregarse todas sus experiencias, aptitudes y actos apasionados. Vasconcelos ocultaba un fondo de romanticismo que no concilió con su época de caudillos. Mientras que la Revolución encajaba con sus inclinaciones hacia la heroicidad o hacia las hazañas vigorosas y desbordadas, los hombres de su circunstancia estaban lejos de aproximarse a figuras como Wagner, Nietzsche o D'Annunzio.

Él aspiraba a la ópera del esplendor hispanoamericano. No olvidaba los pregones ateneístas, comandados por Henríquez Ureña, en favor de la Hora de América. Qué mejor modo de realizar tal idea que por medio de la formación espiritual de millones de hombres y mujeres; *conformar* diría él, pero con genio y pasión, la sensibilidad de los niños y de los jóvenes.

---

[25] José Vasconcelos, *De Robinson a...*, *op. cit.*, p. 1528.

Que retorne el buen maestro −insistió− para que, como el cultivador, proteja con celo y responsabilidad el crecimiento de las simientes: "En cada hombre hay esta semilla irremplazable que cada doctrina ha de ganar por persuasión, nunca por coacción. Lo que hace falta es fortalecer al germen; para esto se abona la tierra, se dan luz y calor".[26] Y, a poco, el salto a las contradicciones: en esta analogía con la botánica habrían de implicarse las imágenes de lo sucio, lo limpio y la del sentimiento de asco que tanto repite en sus memorias.

Una de sus características es que aun cuando pretende desarrollar temas pedagógicos, filosóficos o culturales, se infiltra su primera persona. No hay página suya en la que no aparezca como sujeto de memoria, referencia digna de mención, o cual filósofo que ausculta o explica situaciones verdaderamente laberínticas. Por eso, en analogías como la de la botánica, no queda sino inferir una obvia distancia entre el hecho educativo, aplicado en su oportunidad conforme las circunstancias, y la pretensión posterior de teorizar a partir del proyecto propio.

Más sencillo es leer *El desastre* que *De Robinson a Odiseo* para comprender la obra del secretario de Educación Pública. Es difícil entender las analogías que emplea para explicarse o para comunicar su metafísica pedagógica. Para él, la vida es turbia y sucia. Educarse equivaldría al proceso purificador que advierte en la botánica y que, indistintamente, refiere a plantas o animales. El hombre, por otra parte, puede elevarse en la escala de la creación gracias a su espíritu; el suyo es un proceso que va de la impureza al poder radiante; es decir, de su subsistencia primitiva a la educación. Esto aparentemente ya que Vasconcelos, apegado como estaba a las imágenes de la excrecencia, reincide en una suerte de sucia fatalidad del destino.

El alma, encerrada en estos vasos impuros, se pasa una existencia amando lo que deberíamos ser y en repugnancia de como estamos.[27]

---

[26] José Vasconcelos, *De Robinson a...*, *op. cit.*, p. 1504.
[27] *Ibid.*, pp. 1504-1505.

Cuanto más se avanza en la lectura de su tentativa pedagógica, más se acumulan los asombros respecto de la mentalidad de su autor: desorden de ideas y, por tanto, expresivo; páginas incomprensibles y una certeza que va confirmándose: Vasconcelos —otro rasgo de su temperamento—, tendía a escribir sobre asuntos que apenas conocía o de los cuales, por lecturas recientes e insuficientes, desprendía afirmaciones peligrosas por su falta de solidez. Así, en este caso, pasa impunemente de lo mineral a la botánica y de ésta a lo animal, desde sus formas más primitivas, para denostar lo sucio y viscoso que, como manifestaciones primarias de vida, no pueden apartarse de la existencia. Para ilustrar sus ideas o, mejor dicho, sus metáforas, recurre a figuras como la que sigue:

> Vivimos entonces por instantes sin la avidez del corpúsculo, necesitados de mentiras que le den sustento, y poseídos de energía radiante. El ser se basta a sí mismo; ya no refleja la luz exterior, como lo hace el diamante, sino que ilumina. Y se apagaría enseguida la conciencia abandonada a sí misma, pero lentamente descubre el arte de abrir las ventanas por donde entra el raudal de la energía infinita.[28]

Párrafo complicado: sigue a la metáfora del asco ante la vida y a la semejanza del espíritu con la luz del diamante. Lo de las ventanas no cabe en sitio alguno, ni siquiera en la posibilidad de comparárselas con la esperanza transformadora de la educación. En ocasiones, sobre todo con el ensayo, incurría en esta suerte de laberinto verbal el cual confirma que estuvo más dotado para emprender acciones de organización educativa que para teorizar.

Es probable que esta tentativa teórica, basada en su experiencia, estuviera regida por las imágenes alternadas de repugnancia y de grandeza que caracterizaron al autor de memorias. Su idea de lo radiante podría estar asociada a lo que verdade-

---

[28] José Vasconcelos, *De Robinson a...*, *op. cit.*, p. 1505.

ramente sintió cuando, imbuido de fervor dionisiaco, encabezara la cruzada cultural del gobierno de Álvaro Obregón. Uno fue el que, apoyado por numerosos políticos, maestros, escritores, pintores, artesanos, etc., organizara los medios para formar a los niños y otro quien, años después, pretendiera individualizar una empresa colectiva y presentarla cual proposición filosófico/pedagógica. No hay que olvidar que tras el funcionario hábil y dotado con indudables atributos, estaba el hombre señalado por sentimientos de odio y de rencor implacables. Junto a Obregón llegó el Vasconcelos resentido y, a la vez, gratificado. Ese mismo, ya ex funcionario, habría de emplear la pluma para denostar a los gobiernos de la Revolución por no haber sido presidente, en 1929.

En este aspecto es necesario aclarar que, para Vasconcelos, los hechos y las figuras de la Revolución eran rasadas conforme a sus experiencias personales. Obregón no fue superior ni inferior al caudillo que tramara la caída de Carranza o al que apareciera involucrado, directa o indirectamente, en la matanza de Huitzilac. También es oportuno recordar que muchos militares que firmaron el Plan de Agua Prieta murieron fusilados o asesinados durante los gobiernos de Obregón y de Calles.

La pluma del ex secretario de Educación se movía con la velocidad de su ánimo exacerbado. De ahí la precaución que debe tomar el lector de sus memorias. Así, imágenes como la de la luz radiante o la del asco aparecen envueltas por la evocación oscilante del suceso y, al mismo tiempo, del efecto emotivo respecto de sus resultados políticos. Con tan sumaria metafísica él contempló una nueva pedagogía para la América hispana. Muy probablemente no existe relación alguna entre lo verdaderamente logrado por el educador en funciones de 1920 a 1923 y lo propuesto por el escritor resentido, diez años después.

El juicio más certero sobre la obra de Vasconcelos fue escrito por Daniel Cosío Villegas en un ensayo que causó asombro y no pocas discusiones en su época, marzo de 1947, titulado "La crisis de México".[29]

En la revisión que hiciera Cosío Villegas de las condiciones de México en el curso de la Revolución, la figura y la obra de Vasconcelos aparecían en su magnitud social durante menos de tres años y la huella perdurable que dejó en la educación nacional. El de Cosío Villegas es un retrato de grandes y firmes rasgos del Vasconcelos contradictorio, genial e imprudente. La cita, aunque larga, es indispensable:

> José Vasconcelos personificaba en 1921 las aspiraciones educativas de la Revolución como ningún hombre llegó a encarnar, digamos, la reforma agraria o el movimiento obrero. En primer término, Vasconcelos era lo que se llama un "intelectual", es decir, hombre de libros y de preocupaciones inteligentes; en segundo, había alcanzado la madurez necesaria para advertir las fallas del porfirismo, y lo bastante joven, no sólo para rebelarse contra él, sino para tener fe en el poder transformador de la educación; en tercero, Vasconcelos fue el único intelectual de primera fila en quien confió un régimen revolucionario, tanto que a él solamente se le dieron autoridad y medios de trabajar. Esa conjunción de tan insólitas circunstancias produjo también resultados inesperados: apareció ante el México de entonces una deslumbrante aurora que anunciaba el nuevo día. La educación no se entendió ya como una educación para una clase media urbana, sino en la forma única en que México puede entenderse: como una misión religiosa, apostólica, que se lanza a todos los rincones del país llevando la buena nueva de que la nación se levanta de su letargo y camina.
>
> Entonces sí que hubo ambiente evangélico para enseñar a leer y escribir al prójimo; entonces sí se sentía, en el pecho y en el corazón de cada mexicano, que la acción educadora era tan apremiante y tan cristiana como saciar la sed o matar el hambre. Entonces comenzaron las primeras grandes pinturas murales, monumentos

[29] Daniel Cosío Villegas, "La crisis de México", *Ensayos y notas,* t. I, Hermes, S. A., México/Buenos Aires, pp. 113-151. Publicado por primera vez en *Cuadernos Americanos,* año VI, núm. 6, marzo de 1947, y reproducido por el diario *Excélsior* los días 1, 2, 3, y 4 de abril de ese mismo año.

que aspiraban a fijar por siglos las angustias del país, sus problemas y sus esperanzas. Entonces se sentía fe en el libro, y en el libro de calidad perenne; y los libros se imprimieron a millares, y por millares se obsequiaron. Fundar una biblioteca en un pueblo pequeño y apartado parecía tener tanta significación como levantar una iglesia y poner en su cúpula brillantes mosaicos que anunciaran al caminante la proximidad de un hogar donde descansar y recogerse. Entonces los festivales de música y danza populares no eran curiosidades para los ojos carnerunos del turista, sino para mexicanos, para nuestro propio estímulo y nuestro propio deleite. Entonces el teatro fue popular, de libre sátira política, pero, sobre todo, espejo de costumbres, de vicios, de virtudes y de aspiraciones.

Si Vasconcelos hubiera muerto en 1923, habría ganado la inmortalidad, pues su nombre se habría asociado indisolublemente a esa era de grandioso renacimiento espiritual de México; pero Vasconcelos siguió personificando y personifica todavía las vicisitudes de la educación de México. En 1923 peleaba con sus mejores amigos y sostenes: con Antonio Caso y con Pedro Henríquez Ureña, con Vicente Lombardo Toledano y Alfonso Caso; el lugar que ellos dejaron fue ocupado por bardos aduladores desde la adolescencia. El apóstol de la educación, el maestro de la juventud, el Quiroga, el Motolinía, el Las Casas del siglo XX, resultó en 1924 un modesto y ambicioso político, a quien tenía que arrastrar, ahogar y hacer desaparecer el torbellino político. Con ello, no sólo dejó trunca su obra, la más importante y urgente para el país, sino que desprestigió el nombre, la profesión y las intenciones del intelectual, al grado de que la Revolución no volvió a confiar plenamente en ninguno otro.

Vasconcelos se desterró del país, para fracasar, primero, como profesor universitario; para encerrarse largos años en Francia, España y Argentina, sin leer, sin estudiar, sin ver cosas, sin tratar ni conocer a nadie, enceguecido y obstinado, todo en un sacrificio estéril que ni a él ni al país podía aprovechar. Y allí está, símbolo de las aspiraciones educativas de la Revolución: achacoso, desorbitado, arbitrario, inconsistente, convertido al catolicismo, tardía y vergonzantemente, para perder el respeto de los liberales y no ganar el de los católicos.

Se dirá que es injusto identificar la gloria y miseria de un hombre con una obra colectiva y, por ende, perdurable. Lo es, en verdad, mas sólo en un sentido: la nota encendida, creadora que tuvo entonces la obra educativa de la Revolución no se extinguió toda al salir Vasconcelos de su ministerio; pudo advertirse por diez o doce años más, durante los cuales, ya relajada la tensión evangélica, se amplió, pulió y redondeó la obra en muchos y muy importantes aspectos. Pero la trayectoria de la obra es idéntica a la de quien en su momento de gloria la personificó, porque ha terminado por ser caóticamente inconsistente, mucho más aparente que real y, sobre todo, porque fracasó en su anhelo de conquistar a la juventud: hoy la juventud es reaccionaria y enemiga de la Revolución, justamente como Vasconcelos lo ha sido y lo es.[30]

---

[30] Daniel Cosío Villegas, "La crisis de México", *Ensayos y notas,* pp. 160-163.

IV. EL RIESGO DE LA PASIÓN

JOSÉ VASCONCELOS, uno de los narradores más vivos de nuestras letras, se valió de la pasión para forjar un estilo. Con pretenderlo en su teoría sinfónica de la literatura, no fue la estética fin, medio o propósito ostensible de su obra autobiográfica. Una y otra vez insistió en ser "hombre de ideas" porque abominaba de aquellos autores que, incapaces de comprometerse con juicios críticos, divagaban entre imágenes ajenas a la realidad.

A su manera, siempre explosiva y sumaria, tocó uno de los grandes temas que, directa o indirectamente, preocupan a los escritores. No hay, en sus memorias, pasajes concretos dedicados al examen de este asunto. "La verdad, su verdad" era cuestión implícita y recurrente en entrevistas, en cartas y aun en artículos periodísticos. Tan suya fue la certeza de que la realidad es indivisa de la pluma que no sólo no concibió otra herramienta para la argumentación de la estética, sino que de la gran lección de los griegos antiguos extraía los más altos ejemplos del arte literario. Recordemos que a Emmanuel Carballo aseguró que "en México no hay literatura porque casi nunca se dice la verdad".[1] Más aún, se consideró esclavo, no escritor, por vivir en "una sociedad atada de pies y manos".

Tal afirmación nos conduce a observar uno de los aspectos más importantes de las letras mexicanas: su relación con la circunstancia. En horas de lucha política, como las que viviera Vasconcelos desde su juventud hasta el cardenismo, un escritor debe plantearse el dilema de la libertad limitada: o se convierte en crítico proscrito o, a nombre de la estética, se dedica a cultivar un estilo marginado de los acontecimientos. En el

[1] Emmanuel Carballo, *19 protagonistas..., op. cit.,* p. 21.

primer caso estuvo Vasconcelos igual que, durante otras épocas, estuvieran algunos escritores liberales.

Lejos de ser esclavo, como lo dijo a Carballo, el ex secretario de Educación aprovechó su inconformidad para crear modalidades narrativas en nuestra costumbre literaria. A los liberales debemos la fundación del Estado nacional; su obra, mezcla de ensayo, poesía, cuento o novela –Altamirano, Prieto, Ignacio Ramírez, Luis Cabrera...– pasaba por las tintas del periodismo y, al parecer, nada perdió nuestra gran literatura por el hecho de que algunos de sus mejores hombres agregaran ideas, proposiciones y juicios sociales a las metáforas o a la reinvención de sus fantasías; antes bien, de las luchas del siglo xix y de las primeras décadas del xx, procede buena parte de nuestro mejor acervo literario.

Con todo y el acoso reinante en los días del caudillaje revolucionario, Vasconcelos ejerció el valor de la pluma. De sus diferencias políticas procede lo mejor de su obra y, gracias a tales desequilibrios, él innovó el género autobiográfico al vincular hechos a descripciones más o menos precisas, fragmentos de ensayos, pasajes imaginados y una misma indignación que hila lo evocado a su mundo imaginario. Hombre polémico desde sus primeras líneas publicadas, hubiera sido el mismo incendiario con o sin caudillos. Inclinado hacia la filosofía de la emoción intuitiva, fue temprana su repulsa al intelectualismo que ya reconocía en los ateneístas. De hecho, desde jóvenes fueron disímiles sus conductas políticas. Mantuvo una distante amistad con Antonio Caso y, no obstante los juicios sutiles entre ambos, depositó en Alfonso Reyes su verdadero reconocimiento. Es ambigua su actitud respecto de Martín Luis Guzmán y clara su posición intelectual: las letras se avivan con fuego político; la cultura depende, para superarse, del compromiso con la realidad. De sus propias páginas personales se desprende la cabal certeza que tuvo respecto de su sentimiento de superioridad frente a sus coetáneos. Si los otros se encubrían en citas o referencias ociosas, clamaba él la verdad de la situación mexicana; si unos huían del país disfrazados de diplomáticos prudentes, él, con o sin pluma en mano, avalaba su patriotismo en la página y en la acción; si los otros anticipaban con metáforas de la antigua Grecia la hora de América, él se comprometía con un programa educativo que revolucionaba la vida cultural de manera inmediata; si sus compañeros de generación aspiraban a la democracia sólo con frases alusivas o desprendidas de la retórica clásica, él se jugaba el destino en una campaña electoral por la presidencia de la República.

Sólo una personalidad tan incendiaria podría haber sostenido el tono mayor de una sinfonía biográfica desde el *Ulises criollo* (1935) a *El Proconsulado* (1939). Las suyas son, aún en nuestros días, de las páginas literarias más controvertidas por varias causas: reflejan el espíritu de una época de permanente violencia; están desprendidas de la pasión por el cambio nacional; la vida privada se va tramando con los sucesos del país, al punto de que el lector supone que sin Vasconcelos tal tiempo histórico no hubiera sido posible, en especial, respecto de *Ulises criollo* y de *La tormenta* (1936). Se trata de una serie autobiográfica de calidad por su fuerza narrativa, por las descripciones agudas y por la intención lograda de su autor de concertar el fondo a la forma de expresión; así, aunque él jamás conociera el don de la síntesis, utilizó el adjetivo como arma blanca, y lo llegó a dominar más que cualquier otro prosista mexicano de su tiempo.

A la publicación de *Páginas escogidas* de Vasconcelos, en 1940, el joven Octavio Paz respondió con una entusiasta nota en la revista *Taller*. Lo consideró uno de los libros más importantes de la cultura iberoamericana de ese año. Con ostensible simpatía define su fuerza y pondera sus diferencias respecto de sus compañeros de generación. Lo llamó "el escritor más vivo de México" por las controvertidas reacciones que provocan sus páginas. Adhesión o repulsa, como lo apuntamos en capítulos anteriores, eran los contrastes primarios que suscitaba su lectura; otros, más intensos, iban de la cólera al proselitismo fanatizado, como les ocurriera a sus seguidores, según lo narra Mauricio Magdaleno en *Palabras perdidas...* Es interesante leer la opinión de aquel Paz con frescura crítica:

> Ninguno como él está tan hundido en el tiempo, en la duración; otros hablan "desde la historia", desde los futuros libros de historia literaria (con derecho, sin duda); él, por el contrario, habla, a veces sin ton ni son, desde el instante mismo. La literatura no es un sillón, parece decirnos, ni un sitio cómodo; es un arma, un instrumento, tanto de amor como de pelea. No sólo pretende seducir sino que muchas veces, deliberadamente, se complace en desagradar. "Hay que saber nadar contra la corriente." Y Vasconcelos es un magnífico nadador.[2]

Vocero de "casi todos los jóvenes mexicanos", Paz agrega algo revelador:

> Vasconcelos provoca en nosotros [...] una seducción y una admiración tan grandes que sería inútil negarlas, una admiración y una simpatía, entendámonos, que no nos hacen olvidar, sino que avivan, por el contrario, todas nuestras profundas diferencias. ¡Dichoso escritor que sabe mover de tal modo pasiones encontradas y que suscita, junto a la crítica inflexible, una amistad que no consiente otro adjetivo que el de *encarnizada!* Un escritor así es un escritor con discípulos, quiero decir, con interlocutores. Los libros de Vasconcelos provocan un diálogo, mientras que otros sólo consiguen un silencio de aprobación.[3]

Más que escritor, Vasconcelos fue un fenómeno social a través de la literatura. Paz diría que este hombre "ha creado, con palabras, las cosas de América". Relámpago que casi dejó sin aliento a una generación al perder las elecciones presidencia-

---

[2] Octavio Paz, "Las 'Páginas escogidas' de José Vasconcelos", *México en la obra de Octavio Paz*, t. II: *Generaciones y semblanzas. Escritores y letras de México*, Edición de O. Paz y Luis Mario Schneider, FCE, México, 1987, p. 561 (Colección Letras Mexicanas).

[3] *Ibid.*, pp. 561-562.

les, su memoria permaneció vinculada a la del ideal quebranta-
do de "una hermosa pléyade de jóvenes ilustrados, que hacían
sus primeras armas en la política", corno lo evocara José C. Valadés en su *Historia del pueblo de México,* iii.[4] Sus libros —bien lo
observó Octavio Paz— eran un instrumento de pelea. Pareciera
que un temperamento como el suyo hubiera sido forjado de
acuerdo con la temperatura de la hora. Hombre encendido con
argumentos emparentados a la ética social, sus palabras llegaban a un medio fatigado de violencia, asustado ante el desorden y ávido de soluciones capaces de equilibrar el saldo de sangre y el Estado nacional. Los generales, aunque de experiencia
política y ya acomodados en la costumbre de gobernar, estaban
desacreditados; los intelectuales, en mayoría, no precisaban su
compromiso real respecto de los acontecimientos. Una generación nueva, la de los llamados "Siete sabios", llegaría al mundo
institucional con la obra fundadora de la Revolución mexicana:
Vicente Lombardo Toledano, Manuel Gómez Morín, Alfonso
Caso, entre los más destacados, cuya voz crítica y educada
alcanzaría el oído del gobernante, y el de los militares.

El nombre de Vasconcelos aparece en casi todas las referencias políticas y culturales de los primeros gobiernos de la
Revolución. Entre su obra educativa y la tormenta de su campaña presidencial, 1928 y 1929, esa nueva generación de intelectuales, conocida como de "servidores públicos" y definida
por Manuel Gómez Morín como la de 1915 —por ser tal año el
que señalaba, desde la Universidad, su ascenso a la conciencia
de los problemas nacionales— creaba otro lenguaje, el de "la
cuestión de los intelectuales". Ese fenómeno es singular por
la trascendencia de sus quehaceres: fundaron instituciones
económicas, culturales y políticas que habrían de enriquecer
al México posrevolucionario; actuaron, como Vasconcelos,
unas veces dentro del gobierno y otras contra él; Gómez
Morín organizaría el Partido de Acción Nacional y Vicente

[4] José C. Valadés, *Historia del pueblo de México,* t. iii, Editores Mexicanos
Unidos, México, 1967, p. 344.

Lombardo Toledano el Partido Popular. No obstante su común origen académico tales hombres, al paso de los años, representaron posiciones ideológicas disímiles entre sí. Su saludable influencia en el México contemporáneo, en términos generales, nos remonta a un nombre y a una época: José Vasconcelos, durante los años veinte:

> En 1921, momento en que surgen los desbordamientos de imaginación creativa en aquellos jóvenes del 1915, sus vidas se acercan y se contagian de la del fundador por excelencia, José Vasconcelos, "el hombre más constructor" que había conocido la América hispana, según frase de Gabriela Mistral. Ocho años más tarde, en la hora de las decepciones, su presencia vuelve a rondar las vidas de los jóvenes, con una consistencia moral distinta de la que exigía el servicio del gobierno. La actitud principal de Vasconcelos, actitud común a los hombres del 1915, regaló el título a este libro: fue la de pretender instaurar en México el *buen poder,* la obra de beneficio colectivo, imponiendo a la realidad cruda y bronca de la Revolución la sublime y ordenada de la ética absoluta y la técnica. Todos ellos fueron hombres con grados universitarios, ideas, libros y conferencias, en su hoja de servicios; hombres que quisieron embridar culturalmente a la Revolución: Caudillos Culturales.[5]

Todo esto nos obliga a considerar una cuestión que no ha sido suficientemente esclarecida: ¿quién era, verdaderamente, Vasconcelos? Los entonces jóvenes coinciden en que fue "el líder", símbolo del Bien, de la oposición al poder militar y esperanza de lucha civilizadora. Esto, con más o menos palabras, es lo que repiten Mauricio Magdaleno, José Moreno Villa, Elvira Vargas, Antonieta Rivas Mercado y otros autores vasconcelistas de crónicas, artículos periodísticos o narraciones literarias; es decir, para sus seguidores representaba la conquista educativa de la presidencia de la República, en bien del país. Era, en cierta forma, un ascenso en el dilema latinoamericano de Sar-

[5] Enrique Krauze, *Caudillos culturales en la Revolución mexicana,* 3a. ed., Siglo XXI Editores, México, 1982, p. 15.

miento en favor de la cultura. Para la fuerza militar, en cambio, se trataba de un talento reconocido por su acción misma, pero carente de fuerza para gobernar. Contrario al lenguaje de uso político, enemigo de los procedimientos que iban de la intriga a la componenda y de las alianzas interesadas al asesinato de caudillos, Vasconcelos era, para los generales, un civil revoltoso que contribuía a agitar la inconformidad ya ostensible en el problema sinarquista, especialmente.

Mauricio Magdaleno recoge una versión también probable: el vasconcelismo respondía a un estado de conciencia nacional en contra del militarismo y asociada, en una primera fase, al antirreeleccionismo de Madero; luego, única posibilidad de hacer cumplir los principios del debate revolucionario. Educación, demandas obreras y problemas agrarios eran argumentos que se levantaban en contra de los llamados "nuevos ricos de la Revolución", suma de sobrevivientes del porfirismo y de intereses fortalecidos por las alianzas del poder militar. Magdaleno, sin embargo, no repara en la posición conservadora de Vasconcelos respecto de la vida agraria y, como lo veremos adelante, éste fue uno de los aspectos más débiles y antipopulares del candidato a la Presidencia. Por tratarse de un testigo comprometido en la campaña, sus juicios resultan importantes:

Vasconcelos, maderista de 1909, reprodujo un hálito revolucionario inspirado en la actitud de Madero, y planteó la sindéresis de la circunstancia política de 1929 como base de lo realmente logrado en materia económica y social. Demandó, por una parte, el rescate de las normas morales sin las cuales el más atrevido progreso material carece de verdaderas bases de sustentación. Su premisa ética constituyó una suerte de revolución de la Revolución. Una vez purgadas de la simonía de que eran objeto, las conquistas agraria y obrera deberían ser pie de la transformación social del país. La educación popular y superior —su viejo torcedor largamente decantado en el exilio— merecía una preferente atención a fin de arrancar a la gran masa analfabeta que por lo mismo era instrumento obligado de las maquinaciones de los amos entronizados en el poder, de su ancestral servidumbre y de provocar su desenvolvimiento humano y ciudadano. De la liberación de los parias por medio del alfabeto dependería que contasen en el futuro reales y decisivos partidos que hiciesen posible la deliberación de los intereses de la mayoría y el consiguiente respeto de su voluntad [...][6]

Lo anterior significa que para la población estudiantil, especialmente, Vasconcelos era una posibilidad de conquista democrática, aunque no estuviese claro el propósito político de su acción de gobierno. Tras él no había un verdadero partido político, a pesar de que lo postulaba el Antirreeleccionista; tampoco contaba con fuerzas organizadas ni lo avalaban ideas o grupos concretos. Educar, como proposición nacional, no era ni es todavía razón para que un intelectual se convierta en presidente de la República.

El estado de conciencia nacional, referido por Magdaleno, se situaba en un grupo y correspondía a una posibilidad, no a un hecho: a Vasconcelos lo seguían jóvenes estudiantes, maestros y personas instruidas. Cuando se expande el vasconcelismo por las plazas de provincia y se incrementan las voces de la ovación, en pleno 1929, México ensayaba, mediante un movimiento electoral variado y conflictivo, la primera tentativa democrática verdadera de la clase media, después del triunfo de Madero en 1911. Los generales tenían el poder de las armas, el gobierno estaba en sus manos y contaban con los medios para formar alianzas o para convocar a las organizaciones populares. La ola de asesinatos —el episodio de Topilejo es la cumbre del horror y del cinismo de esas horas—, las pugnas entre cabecillas del ejército y la violencia, aunadas a la prevaricación, eran las principales causas del desprestigio; no obstante, hasta el 17 de julio de 1928, día en que José de León Toral asesina al Caudillo en el restaurante La Bombilla, la fuerza era una e incuestionable: Álvaro Obregón, "invencible" Presidente Electo. Otra sería la historia de haber sobrevivido: al rectificar

---

[6] Mauricio Magdaleno, *Las palabras perdidas,* FCE, México, 1956, pp. 9-10.

lo que fuera el lema mismo de la Revolución, el Caudillo habría instituido un ciclo político similar al de Porfirio Díaz. Su reelección —ya norma constitucional— avivaba la memoria de Madero, la necesidad de un nuevo líder.

Tal retroceso se evitó cuando Calles, en 1929, institucionalizó la Revolución mediante el Partido Nacional Revolucionario e inventó, a partir de entonces, el "Maximato".

No era sencillo precisar el alcance de las fuerzas reales en el México de 1929: agraristas, militares, estudiantes, católicos fanatizados por los cristeros, remanentes maderistas... La evidencia de los problemas no era coincidente con la educación política de los mexicanos. Como ha ocurrido y aún ocurre en nuestra historia, la realidad rebasa la intención del cambio; el hecho es superior al deseo de modificar las condiciones del poder. Así, Vasconcelos iba a la cabeza de una clase media fatigada de barbarie militar, ávida de organización social para el desarrollo capitalista y sensible al significado de la educación. Pero no era suficiente. Como su prosa, la campaña electoral corría como peligroso estallido, como el verbo encendido que condena y señala aunque nada transforma.

Vasconcelos, en verdad, simbolizaba el riesgo de la pasión, no la probabilidad del cambio. Con él se fortaleció la esperanza democrática, ciertamente, pero también se debilitó un proceso civilista y se retrasaron las condiciones propicias al régimen de derecho. Sin organizaciones ni proyecto preciso, sin comprender, cabalmente, el compromiso agrario de la Revolución, Vasconcelos agitó, sacudió, removió conciencias en favor de la cultura y después salió del país sin comprender las razones de su derrota, amargado por la cobardía de sus seguidores porque no se atrevieron a matarse o vencer. Salió Vasconcelos, sí, convencido de que los mexicanos no tenemos remedio: pueblo de bárbaros que no lo mereció.

Tras él, una realidad que aún perdura: los estudiantes nunca más han vuelto a participar directamente —es decir, organizados— en una lucha electoral. Esto se debe, en parte, a que se ha comprendido que la política no se hace con adjetivos y que el poder de la pluma no es el del Estado; en parte, también, porque aquella generación, admirable por su valentía, sumaba a su experiencia política cuando menos dos hechos de sangre: el de la campaña vasconcelista y el de la lucha por la autonomía universitaria. El saldo del primero les fue frustrante; el otro, doloroso.

Un detalle más hay que agregar: el de la relación personal de Vasconcelos con Álvaro Obregón.

El Plan de Agua Prieta representó, en su vida, un tránsito de la oposición al poder. Respecto de la primera, escribió de los mejores panfletos de esa época, sin dejar de lado las acciones políticas como en la Convención de Aguascalientes (1915-1916). Sin embargo, con el grupo sonorense surgía la conquista del gobierno a través de la fuerza militar. Elogia a Obregón como caudillo y al ejército como la parte decisiva de la rebelión contra el Mal, significado en Carranza. Los conceptos políticos en el oaxaqueño se funden, ya se sabe, en juicios morales; por eso los extremos de su prosa son el elogio y el denuesto, según se ha dicho en páginas anteriores.

Dura prueba sería para él el ejercicio del poder. Como escritor, hombre del Ateneo, se sirvió de él en la obra educativa; en cuanto funcionario, era inevitable su oposición, no abierta aunque sostenida, al gobierno del cual separó la parte de Obregón, que nunca condenó, de la de Calles contra quien renovó su furia anticarrancista. Este episodio ha dificultado el entendimiento, que parece contradictorio, de la vida de Vasconcelos al término de su ministerio educativo y durante el principio de su exilio en el que Calles se convierte en la figura del Mal que corrompe al país sin expiación alguna.

Del exilio volvería poseído de un nuevo entusiasmo: el de dirigente de la cruzada nacional contra el proconsulado. Vencido en las elecciones y disuelto en el aire su Plan de Guaymas, retornó a su exilio. Desapareció el político y resurgió el escritor admirable del destierro.

Al decidirse el fallo en favor de Pascual Ortiz Rubio, reinaron el desconcierto y la confusión en los clubes vasconcelistas. Algunos hablaban de insurrección como si se tratara de emular lo ocurrido durante el maderismo. Ingenuamente llegaron a suponer que la historia cuenta con segundas oportunidades iguales en situaciones distintas.

El caos, sin embargo, no ocurría nada más entre vasconcelistas. A unas horas de que el protegido de Calles, Pascual Ortiz Rubio, protestara como presidente de la República, fue balaceado al salir del Palacio Nacional, el 5 de febrero de 1930. Con la mandíbula destrozada y en riesgo de muerte, la situación del nuevo presidente alentaba las posibilidades de la difusa insurrección. El relato de Magdaleno demuestra la falta de sagacidad política de aquellos vasconcelistas, esperanzados en una defección militar a su favor:

> ¡Era, al fin, la insurrección! Tal vez a estas mismas horas la mitad de la plana mayor de los jefes militares hubiese defeccionado y los más resueltos maniobrasen por cuenta propia. El general Calles, que había regresado de Europa hacia cincuenta días, tendría que vérselas con una verdadera conflagración en la que, a diferencia de la promovida por Escobar y socios once meses antes, el pueblo intervendría en masa contra el gobierno [...][7]

El de Calles no era un poder en proceso. En realidad, resulta difícil determinar dónde comenzaba el de Obregón y dónde concluía el suyo. Con la predominancia del Caudillo, fue aquél un poder dual que Vasconcelos ciertamente, no comprendió. Desde 1928, después del asesinato de Obregón, Calles demostró su habilidad política. Lejos de desestabilizar el símbolo de su gobierno, León Toral no hizo sino propiciar su fortaleza. Calles, hombre de reconocido talento, actuó conforme la circunstancia lo requería: robusteció la posición del Estado, ponderó el ejercicio de la Ley, levantó un monumento al Caudillo

---

[7] Mauricio Magdaleno, *Las palabras...*, *op. cit.*, p. 205.

y, ya sin concesiones, determinó el control civil y el sometimiento armado de los "cristeros".

Ésta y no otra, ficticia, era la fuerza de Plutarco Elías Calles, Jefe Máximo de la Revolución mexicana.

En 1935, cuando hablaron Vasconcelos y Calles, muchas cosas quedaron claras. Una, la fundamental, es que el Maestro estaba lejos de haber conquistado, verdaderamente, la presidencia de la República. Desde 1928, Calles tuvo, de hecho, los dos elementos indispensables del poder: el control de los militares y la conducción política del país. El de Vasconcelos no era poder, sino capacidad propositiva en un medio en el que las ideas no han sido, por cierto, medio para conquistar o para retener el dominio político.

Una característica de Vasconcelos, como autor y político, es que consideraba ilegítima, desde el punto de vista moral, la conducta de los gobernantes. No se encuentra, entre los miles de páginas de su obra, un solo examen político sereno o un razonamiento fundado en la explicación histórica que tienda a criticar la realidad mexicana, a partir de su circunstancia. Él defendía, como ya se ha dicho, "su verdad". Tal posición indica que él no tenía la necesidad intelectual de comprender los sucesos, sino que era juez y parte en las lides del gobierno. Este hecho puede ser controversial toda vez que sus cinco tomos autobiográficos están unidos por su pasión monotemática: la política.

Los ateneístas criticaron la doctrina positiva y apelaron en favor de las humanidades. Algunos de ellos —Vasconcelos, Martín Luis Guzmán, Jesús. T. Acevedo y sólo por simpatía intelectual, por ser dominicano, Henríquez Ureña— hicieron suya la causa de Madero. Vasconcelos actuó entonces de manera similar a la que sería, respecto de él mismo, juventud vasconcelista: entusiasta estudiante que encuentra al guía que habría de enseñarle el camino del Bien en política. En el hombre del 29 es visible la identificación de su destino con el de Madero.

Por eso se preció, hasta sus últimos días, de su filiación maderista. Estuvo cerca de él, sin duda, pero es evidente que, por su edad misma y por lo intempestivo de su temperamento, poco podría haber hecho como colaborador suyo. De entonces le quedó, sin embargo, una clara relación emotiva con la justicia y una conciencia similar a la de Alfonso Reyes, respecto de su imperativo moral. Aún en las últimas páginas de su vida habría de dominarlo el sentimiento juvenil que se anteponía al razonamiento histórico o a la inferencia como herramienta explicativa. El siguiente párrafo, parte de su prólogo a *La flama,* podría anteponerse a toda su obra:

Los atropellos más terribles transcurren delante de una opinión que simula indiferencia o la padece inalterable. Los temas para una gran producción literaria abundan en nuestro acontecer y, sin embargo, nuestra novela se refugia en el episodio truculento o en el sentimentalismo ramplón. ¿No basta, entonces, con que ocurran injusticias notorias, para que surja la literatura de elevada condición moral que ponga a salvo los fueros del Bien? ¿No basta una gran angustia colectiva para que la tragedia plasme en prosa o en verso? ¿Qué es lo que hace falta para que el alma popular encarne en el Verbo su dignidad ofendida?[8]

La función del arte, él responde, es la de proclamar la verdad; de otro modo, el creador corre el riesgo de *asquearse;* la única manera de purificar la sucia condición del hombre es la de redimirse por medio de la ética. No es la inventiva creadora lo que rige la tarea del artista, sino la proclama de la verdad. Es cierto que los personajes no se levantan de la nada y que en prosa o en verso resulta imposible la obra de pura invención. Lo que no consideró Vasconcelos, acaso por esa fiebre por la denuncia y por su pretensión mesiánica, es que el arte no es sólo empeño moralista, sino talento capaz de universalizar una forma, una imagen o un lenguaje. Es lo único que destaca entre

[8] José Vasconcelos, *La flama...*, *op. cit.,* p. 7.

el saber de todos y, ciertamente, dignifica o ennoblece. Es redentor toda vez que sus logros depuran el espíritu y su ejercicio contribuye a superar los niveles primarios de la existencia; pero Vasconcelos, hijo del idealismo y miembro de una generación en pos de categorías para modificar el estado de barbarie mexicano, se apartó de la enseñanza platónica: el arte de la palabra o del razonamiento aplicado al saber; es decir, el arte es un modo del pensamiento para alcanzar su verdad y, por tanto o de paso, regir a la sociedad conforme tal categoría.

Su visión del mundo y de la vida es la de una lucha entre el Bien y el Mal. La redención no es la artística, tampoco la del pensamiento, sino la de vencer el pecado. Por eso su idea política se reduce al embate de los buenos contra los malos. Tal concepto, de raíz cristiana, fue confundido por él con la estética y con la función de las letras.

Difícil propósito para un intelectual mexicano en años de lucha armada por el poder. La realidad rebasaba cualquier intención estética y de tales horas de crisis Vasconcelos sólo alcanzó a reafirmar un fanatismo religioso:

> [...] la maldad victoriosa mata el instinto creador, ensombrece el espíritu. Una realidad simplemente ruin, no merece otra cosa que el olvido. Para cierta clase de mezquindad, una conciencia esclarecida tiene la defensa del desdén perfecto. Cierto género de conducta asqueada y basta; pero las almas sumisas y confusas, necesitan que alguien les denuncie el mal y les dé esperanza de corregirlo. De otro modo, se contagian y terminan por no tener otra veneración que la del éxito [...][9]

Grito de indignación, enfado, amargura acumulada a través de un largo recorrido de su memoria selectiva. La pluma, aún en los últimos pasajes de su vida, actuaba como herramienta de combate. Atrás del ángel doblegado por "las fuerzas del mal" permanecía el infatigable redentor que animó el espíritu

---

[9] José Vasconcelos, *La flama...*, *op. cit.*, p. 8.

del que educaba: Quetzalcóatl del siglo xx con alma criolla y discriminador de indios; hombre de contradicciones tan irresolubles que sólo pudieron sobrevivirse gracias al genio narrativo que las expresaba. Y éste es, precisamente, uno de los fenómenos más interesantes de nuestras letras mexicanas: es la obra viva que reconoce el joven Paz, es la pasión del lenguaje que enardece y levanta los ánimos, sacude la imaginación y conmina a la respuesta bravía.

La de Vasconcelos no es la obra mejor escrita; tampoco destaca por su finura estética ni por sus metáforas o por la originalidad temática. La suya es, sencillamente, una obra de fuerza equivalente, en intensidad, a su circunstancia. No hay antecedentes estilísticos; tampoco creó discípulos ni imitadores. El estallido fue único. Grito, denuncia y, también, una original manera de recobrar, en nuestras letras, la función del coro griego: manifestar, con ira, la indignación que restituye el equilibrio moral de la sociedad.

Si el estudio de las letras clásicas condujo a Alfonso Reyes hacia el apego a la retórica y a la exploración de la armonía en los valores espirituales, a Vasconcelos, en cambio, lo situó en la reflexión del sentimiento trágico como instrumento de justicia y medio de salvación. Una y otra veces insistió en el significado civilizador del coro; es decir, el que la gente del pueblo participe de la verdad en favor de los derechos y mediante esa lucha contra la ruindad, la barbarie y el crimen, supere su destino.

En la tragedia, el Hado nunca perdona. Los conflictos morales se resuelven conforme a la sentencia superior e inapelable de la Voz, del destino o de los dioses. El criminal sabe que sus actos serán castigados. Se realiza, sin embargo, una larga deliberación. El coro acusa, esclarece, exige; el protagonista trágico, mientras tanto, enfrenta su conciencia. Nadie se libra de la verdad porque es norma que todo acto implique consecuencias. Así, conforme lo observara Ángel María Garibay en su análisis de la Trilogía de Orestes, la tragedia refleja un proceso de lógica inapelable: *1)* ocurre el crimen *2)* surge la venganza y *3)* se suscitan el dolor y el perdón. Para Vasconcelos tal movimiento dialéctico asegura la dignidad de un pueblo: no hay humillación impune ni conciencia que no se levante para exigir castigo.

La tragedia fue posible en Grecia porque hubo protesta y sanción. La novela, según Vasconcelos, es propia de la cultura cristiana "ya que procede de una moral implacable que persigue al malvado más allá de la vida". Acaso en esta afirmación suya esté la respuesta a su gradual fanatismo religioso: a medida que el odio y la frustración se acumulaban con su certeza de la barbarie mexicana, más se incrementaba su fervor por la idea del castigo; no uno temporal —que ése era imposible donde reina la injusticia—, sino el mayor y capaz de rebasar el límite de la sanción humana; justicia a la medida de las atrocidades cometidas: el infierno eterno.

En el prólogo a *La flama* está la clave del Vasconcelos cuya pasión contra el medio se avivaba en cada título. Cuando se lee *Ulises criollo,* prevalecen su agilidad y su afán de cambio; en *La tormenta,* la intriga de una lucha que a veces indigna y otras remonta a los vaivenes temperamentales del autor; *El desastre* evoca la fecundidad creadora, la memoria vital y la acción apasionada por las ideas educativas, aunque su segunda parte esté marcada por sus diferencias con Álvaro Obregón y otra salida del país. *El Proconsulado* suma el odio a Calles y su saldo de campaña. Es repaso de una esperanza en la democracia civilizadora, fe en la voz del coro mexicano y en la respuesta popular a la iniquidad de los militares en el poder. Éste es el libro de la tragedia en su primera fase, la del crimen cometido; la diferencia está en que el coro se enmudece —tal la causa por la que en México no existe la "gran literatura". Los vasconcelistas resultan cobardes para exigir justicia e irremediablemente triunfa el mal. Un libro más escribe durante su senectud: *La flama:* páginas incendiarias de un autor que se acoge a la imagen de la sanción eterna y que, al "mismo tiempo, busca protagonistas "dignos", "heroicos", que no se resignan a la barbarie; por ejemplo, Anacleto González Flores, ideólogo de los cristeros, quien habría de morir torturado y asesinado de forma brutal; otro, el ingeniero Luis Segura Vilchis, coautor del bombazo al automóvil de Obregón, y cuya confesión no libró de la muerte al padre Pro. Ambos, con otros dos implicados, fueron fusilados el 23 de noviembre de 1927, sin formación de causa ni consignación previa. Bastaron "las investigaciones" ordenadas por el inspector de policía, para determinar los fusilamientos citados.

El fondo de estos repasos se encuentra en un pasaje estremecedor tomado de fray Diego Durán, el que, por su importancia, es necesario transcribir:

Habla un cronista de no se cuál de los señores precortesianos que alentaba odio implacable contra un su rival. Para herirlo simuló una tregua: pidió a su enemigo que en prueba de reconciliación le enviase a su hija predilecta, que sería colmada de beneficios. Envió el otro a la hija, de mensajera de paz. Corrieron algunos días; el incauto enemigo fue invitado a un convite por su rival. En la puerta, dándole la bienvenida, estaba un sirviente cubierto con la piel de la hija, recién sacrificada.

La salvaje traición arranca al ofendido gritos de injuria y de venganza, pero todos lo abandonan. En torno suyo una plebe intimidada, lejos de formular comentario, se escurre silenciosa. —El coro griego constantemente se pronunciaba en favor de la víctima y en contra del malhechor— En el Anáhuac a nadie se le ocurrió exigir venganza, formular una protesta. Entre los habitantes, repite la crónica, "nadie vido nada". No apareció ningún Orestes, ni siquiera un alguacil.

La conciencia humana se dejó humillar, se quedó muda, no se aprestó a la defensa del ofendido; por eso no hubo Tragedia ni Literatura en la llamada civilización precortesiana.[10]

Aterradora imagen que, en algunos aspectos, perdura entre nosotros. Hábil como ninguno para encontrar muestras de

[10] José Vasconcelos, *La flama...*, *op. cit.*, p. 9.

bajeza, él mismo incurrió en actos de parcialidad extrema que ofuscan e imposibilitan la justa crítica. No deja de asombrar su gradual inclinación por cierto tipo de personajes mexicanos: el disidente agresivo, el profeta incomprendido, el mártir, el fanático inmolado. Suerte de justicieros en medio de una horda militarizada; hombres valientes, santos y justos que alzan su voz indignada. En tanto los buenos ofrecen sus vidas en bien del coro que *no vido nada,* los malos se embriagan en los prostíbulos creando un espectáculo semejante al del "Huichiperros": bigote ralo, piel morena, mirada esquiva; manos de torturador:

> [...] Echado al respaldo de un ancho sillón forrado de seda, el General retiene sobre una de sus piernas el cuerpo semivestido de una joven bonita, de tez clara y pelo castaño, ojos gatunos un tanto apagados por el tequila que en copitas de cristal guarda un fuego innoble.[11]

Matarife vulgar, asiduo de meretrices, sólo se le escuchan palabras soeces y órdenes vejatorias. Personaje como tantos que han coleccionado las letras de la Revolución: cobardes y semiletrados, hombres de cantina y valientes escudados por un pelotón de bestias. Tal el contingente de *Los de abajo* que tanto perturbó a Vasconcelos. Son las exaltaciones de la bajeza, diría, que tanto Azuela como Martín Luis Guzmán han ponderado como si se tratara de algo digno de recordarse.

Cierto, Mariano Azuela fue, respecto de la Revolución, el novelista de los vicios y de las bajezas entre la "bola" armada: mundo de ocultamientos, traiciones y mentiras que deja la sensación de que aquélla era una horda dirigida al azar por caudillos bribones y bajos. Memoria sombría de horas ahogadas con amoríos de paso y litros de alcohol; pasajes humillantes, descripciones que dejan al lector sólo vergüenza de ser mexicano, no obstante su calidad literaria. Lo mismo ocurre

---

[11] José Vasconcelos, *La flama…, op. cit.,* pp. 48-49.

con *La sombra del Caudillo*. Si Azuela noveló "la ceguera de las masas", Guzmán completó ese cuadro de iniquidades con páginas, ya clásicas, sobre "la irresponsabilidad de los caudillos medios, la insolencia y la maldad de los que asaltaban los más altos puestos", como escribiera Vasconcelos al justificar la obra de *Los de arriba*, subtítulo de *La flama*.

¿En verdad eran los de arriba? El problema con Vasconcelos es que en el camino del reconocimiento hay que detenerse a matizar un juicio analítico porque, en su lectura, nos asalta con un párrafo desbordado o con su admiración súbita a personajes tan inesperados como Daniel Flores, aquel que, por un balazo en la mandíbula, desfigurara a Pascual Ortiz Rubio. Ni qué decir de su entusiasmo por los líderes cristeros, "héroes cívicos" de "oscura suerte", como lo fueran León Toral y la Madre Conchita.

Ningún otro escritor mexicano habría de dedicar tantas y tan devotas páginas a estos parroquianos activistas. Sus vidas y sus obras desfilan por *La flama* como muestrario del catolicismo fanatizado. "Mártires de la barbarie", porque cayeron actuando contra el tirano. Conforme a su analogía con la tragedia, éstos serían los Orestes de México, protagonistas de una insatisfacción popular que, aunque no consumaran la redención de las venganzas cumplidas, actuaban cual voz de dignidad en actos de esperanza.

Vasconcelos, según se comprueba en su lectura, fue sufriendo un proceso de intransigencia creciente. Al no conseguir los cambios políticos esperados, su repudio al sistema y a la realidad mexicana se exacerbaba al punto de reflejarse en repeticiones odiosas, en ese insistir sobre el latrocinio, la codicia o la vulgaridad de los hombres de gobierno. Al final de su vida llegó a asociar la grandeza con figuras de la ofuscación y denunciaba una supuesta intolerancia de los demás mediante frases sin salida, siempre anecdóticas.

Hay páginas en *La flama* que lindan en desatinos. Casi quinientas que amplían, repiten o abundan en anécdotas ya referidas en *El Proconsulado*. Libros complementarios que se desprenden, en lo fundamental, de un tiempo histórico, 1926-1932, y de sucesos a partir de dos hechos decisivos: el asesinato de Álvaro Obregón y la candidatura de José Vasconcelos. Entre uno y otro se traman los relatos: pasajes cristeros, comentarios al antirreleccionismo, ejemplos de las corruptelas militares, los abusos del poder y su ejemplario de torturadores. En *La flama*, pequeños altares a los caídos por opositores. Párrafos, algunos, que se antojan inauditos, como el que dedica a las "apariciones" de León Toral en su celda de condenado a muerte. Allí, en la soledad de sus últimas horas, el héroe/asesino de Álvaro Obregón "descubre" ante sí "una patética lucha (entre) los agentes del mal y del bien"; escena demencial en la que se funde el autor con obvio entusiasmo. Más que de León Toral, el embate grotesco parece de un Vasconcelos olvidado de sí mismo, entregado al fervor de la contrición.

Si en *El Proconsulado* se sugiere, en *La flama* se confirma: la campaña vasconcelista actuó como expresión política del vacío que dejaba el levantamiento cristero. No es extraño encontrar ex combatientes católicos entre miembros de los clubes electorales. Su lenguaje era similar y, aunque no abiertamente en favor del culto y de la doctrina, los jóvenes orientaban su acción antigubernamental bajo consignas casi idénticas en la plaza o en la parroquia. Los cristianos recién fusilados se enlistaban en campaña como mártires afines. Bastaría repasar lo escrito por Vasconcelos en favor de León Toral para darse cuenta de que poca o casi ninguna distancia quedaba entre el fanatismo parroquial y su lucha por la presidencia de la República:

> Su talla moral es tan rara en América donde hay pocas convicciones y abundan los arraigos en la tibia neutralidad o las conveniencias directas. Católico fervoroso obró como nihilista de principios de siglo. Místico de una sola pieza, mató movido por el amor que las dolencias del pueblo despertaron en él; buscaba un atajo que lle-

vara rápidamente al arreglo del lacerante conflicto religioso; quería mover a compunción a los poderosos del momento, hiriendo como un rayo de justicia divina. Entregó su vida a cambio de la que quitaba, convencido de que la firmeza que impidió a su mano temblar, venía de Dios.[12]

Quien, al margen de las leyes, se regodea en la interpretación mágica de la realidad es, sin duda, un ser inepto para gobernar. Con pluma en mano, Vasconcelos es temerario e imprudente; con el poder, seguramente, arrearía con la vida de todos sus enemigos, "en nombre de Dios", cuya voluntad tampoco haría temblar su índice acusador.

Flaco favor se hizo agregando, a su cuarteto autobiográfico, la versión de *La flama*. A las semblanzas de los líderes cristeros sigue el panteón del vasconcelismo en el que incluye —otra vez— el repaso electoral y su culto funerario a personajes como Germán del Campo y Valeria —Antonieta Rivas Mercado. De ella queda un doble testimonio que por su parcialidad no deja de llamar la atención: mujer de talento, escribió un diario y algunos cuentos; autora de las únicas crónicas de campaña, de cartas y de otros documentos que resultan indispensables para conocer pormenores y aun el contenido de discursos, de discusiones o de charlas que revelan la ideología del candidato, de ella no se conservaron páginas completas, sino la sombra de su dramático suicidio en Nôtre Dame.

Dejó su Diario a Vasconcelos y éste, tras utilizar las páginas en las que Valeria —como a ella le gustaba llamarse— relatara los sucesos de campaña, lo regaló no obstante reconocer su calidad literaria.[13]

En *La flama* están algunas de sus crónicas, además de una larga semblanza de la que fuera mecenas del Teatro Ulises y del Grupo Contemporáneos. Su tormentosa relación con Vasconcelos es ya indivisible del examen de una época mexicana

[12] José Vasconcelos, *La flama...*, *op. cit.*, p. 136.
[13] Martha Robles, *La sombra...*, *op. cit.*, t. I, pp. 135-158.

que va de 1928, cuando se conocieron, al 11 de enero de 1931, fecha de su muerte.

Ninguna página de Vasconcelos se iguala en intensidad a la evocación que hiciera de ella en *El Proconsulado,* la parte más brillante y a la vez más desconsolada de su autobiografía,[14] según Luis Mario Schneider, quien reunió y prologó sus crónicas en 1981.

La de su candidatura es la época en la que renovaba la vieja asociación mítica con Quetzalcóatl. Vasconcelos asume su llamado y se imbuye de su acción transformadora. Del mito recoge dos aspectos básicos: la parte creadora del demiurgo, cuyas enseñanzas vinculaba a su tarea al frente de la SEP; la otra, más compleja, es la que protagoniza en sus batallas con Huichilopochtli, el Mal, el dios de la sombra, de la guerra y de la adversidad.

Quetzalcóatl contra Huichilobos (el nombre que le dieran los españoles) es modelo alegórico de Vasconcelos en lucha contra Plutarco Ellas Calles, tirano entre los tiranos, "Jefe Máximo" de la barbarie a quien su contrincante atribuye actitudes de debilidad y supeditación ante el embajador estadunidense Dwight Morrow, el procónsul, cuya ingerencia en la organización del Partido Nacional Revolucionario, según lo reitera una y otra vez en *El Proconsulado* y en *La flama,* era tan definitiva que de ella viene el título de este cuarto tomo de sus memorias.

Acostumbrado a referirse al Vasconcelos candidato en tercera persona, se distinguía con el uso del yo cuando se trataba de asuntos íntimos, o más personales. Esta diferenciación es más notoria en sus libros últimos: pareciera que el mundo de la política perteneciera a otro y no al hombre de ideas puras, al filósofo y al escritor de verdades que asociaba con sus empeños mesiánicos; José Vasconcelos, ajeno a sí mismo, es recurso

[14] Antonieta Rivas Mercado, *La campaña de Vasconcelos,* prólogo de Luis Mario Schneider, Oasis, México, 1981, p. 19 (Colección Biblioteca de las Decisiones).

de reflexión sobre sus propias proposiciones y tema que desprende de sí para observarse corno personaje de un proceso histórico. En "Valeria se decide" abundan las frases que, en pocos párrafos, podrían definirlo como amante, como protagonista mítico y, ante todo, como escritor mexicano; veamos algunas:

> Sintió Valeria que la campaña electoral del vasconcelismo iba a darle a su vida entera una tarea digna de sus capacidades. Hasta entonces y pese a su ambición profunda, lo mejor de su actividad se había dispersado en frivolidades. Por primera vez sentía el llamado de una causa que merecía la devoción y aún el sacrificio [...] Precisaba insertar este movimiento dentro de la corriente general de la Historia de México. El propio candidato venía hablando de que pretendía encarnar la faz civilizada de la más remota historia del país: reencarnaría el mito de Quetzalcóatl en oposición a Huixilopochtli, el dios sanguinario que perdura en la conciencia nacional. ¿Hasta qué punto tenía razón Vasconcelos? Pero la mejor manera de precisar las ideas era escribirlas. De paso cumpliría Valeria con su vocación de escritora; era preciso iniciar un diario, recopilar una historia de los sucesos, según se fuesen manifestando, y así es como empezó, en horas febriles de la soledad nocturna, horas robadas a su antiguo y estéril vagabundear por cafés, salas de espectáculos y centros de diversión de dudosa fama, a redactar páginas que son hoy el mejor testimonio de su talento y de su patriotismo.[15]

Antonieta, por fin, encontraba sentido a su existencia... Extraña observación, parecida a alguna del *Ulises criollo,* respecto de aquella Adriana olvidada en algún apartamento de Nueva York. Que a ella debemos el mejor testimonio de la campaña, no hay duda; lo asombroso es que el suyo fuera el último en conocerse y el que llegara con más recortes y pérdidas hasta nuestra generación. Si *Las palabras perdidas* abruma por sus repeticiones y por la ausencia de agilidad narrativa, la

---

[15] José Vasconcelos, *La flama...*, *op. cit.,* pp. 130-131.

prosa de Antonieta destaca por su claridad, por su síntesis descriptiva que en mucho supera a la de sus coetáneos profesionales. El mismo candidato reconoció su inteligente precisión y tanto apreció sus escritos políticos que aparecen intercalados a los suyos en *El Proconsulado* y en *La flama;* muchas afirmaciones que él hace suyas y que tiende a repetir en su afán de acabar con la memoria de Calles, tienen su versión primera en la prosa de Antonieta.[16]

Hombre de diatribas y de palabras como látigos, consideró que no sólo en la tribuna, sino en la página impresa dejaría una "honda huella" por "la perfecta sencillez" con la que vertía sus frases exactas. Y es probable que lo haya logrado: no hay página suya que no levante ira o reconocimiento. El problema de su prosa es que, en medio de tan cerrada selva de adjetivos, brilla demasiado su odio por el país y llega a hacerse insoportable ese espejo de perversa fatalidad, el laberinto del horror del México que avergüenza y que, según él, no tiene remedio.

Octavio Paz afirmó que la obra de Vasconcelos era la única —entre las de sus contemporáneos— "con ambición de grandeza y monumentalidad".[17] Lo escribió en 1941. Para bien de nuestras letras, algunas hay que la superan en grandeza, aunque no hemos tenido ningún otro creador de memorias que lo semeje en pasión, en arrebato por la frase y por la situación que describe. En sus memorias recae lo previamente escrito en *Monismo estético,* en su teoría del ritmo o en las de *La raza cósmica.* En realidad, se trata de una obra cuyas partes se completan: las ideas de unas van al auxilio de otras y las imágenes reaparecen como si se tratara de vasos comunicantes. Su tendencia a repe-

---

[16] Además de las crónicas de campaña son decisivas otras páginas políticas de Antonieta Rivas Mercado. Véase, por ejemplo, la síntesis lograda a partir de "México en 1928", incluidas por Vasconcelos en *El Proconsulado, op. cit.,* pp. 16 y ss.

[17] Octavio Paz, "Las 'Páginas escogidas' de José Vasconeclos", *op. cit.,* p. 563.

tir es inevitable toda vez que lo fundamental se ha desprendido de una experiencia nacional y de los hechos vinculados a los dos gobernantes que protagonizan sus querellas: Álvaro Obregón y Plutarco Elías Calles, desde los años del carrancismo hasta el término del Maximato. Lo demás es evocación agregada, como si la vida posterior de Vasconcelos se hubiera quedado prendida al México gobernado por militares.

Antes de que participara en actividades públicas, sus recuerdos se avivaban con alusiones amorosas y con avatares casi insulsos de su relación con Adriana. *Ulises criollo* y *La tormenta* podrían integrarse a un tiempo del escritor: es la época de la juventud, la de aspiraciones y diferencias políticas aún marcadas por el signo maderista. Hombre más cercano al mundo del porfiriato que al del Constitucionalismo, sus conflictos con Carranza señalan el verdadero comienzo del Vasconcelos interesado en los asuntos de la Revolución. Estas páginas son las de la frescura, las del entusiasmo por el descubrimiento de personas, de libros, de situaciones o de ideas. Su vida es un espectáculo que puede recrearse sin amargura acentuada y hasta con paciencia para describir, con brillo, una región desértica, una ruta caminera o una tarde estival en la provincia.

Es el hombre en la pasión que evoca y es el país avivado por los cambios. Párrafos de expectación, de sorpresa, de asombro por la velocidad con que la historia va mudando de nombres, de modos y de atuendos. El gran salto del Porfiriato al mundo de las balas es el del lenguaje, el del sobresalto y la expectación entre quienes estuvieran en las aulas o sobre poltronas de lectura. Para Vasconcelos, especialmente, la Revolución trazaba su propia biografía. De ahí la fuerza de sus líneas y de ahí lo insólito de sus recuerdos.

Lo nuestro está en él y como su prosa atropellada, a veces luminosa, colérica y reiterativa, ha sido la historia inmediata mexicana. Lo de ayer parece nuevo y cuanto se creyó abolido se presenta ante nosotros como si se tratara de un designio, de la fatalidad de una historia condenada como Sísifo: el dominio personal, hoy en la modalidad del presidencialismo, la vigencia del caos y de la ilegalidad, el *nadie vido nada* y una democracia de sordos y de ciegos que va fundiéndose en organizaciones sindicales o en prosélitos sin voz.

Los dos tomos siguientes, *El desastre* y *El Proconsulado,* indivisibles de *La flama,* corresponden al hombre maduro en la acción, en los proyectos excepcionales, en el amor de Valeria y, después, en el fracaso que abarca signos de acoso, barbarie y, finalmente, la muerte. De la tentativa civilizadora desde los nuevos recintos de la Secretaría de Educación Pública —sin duda la más significada de sus obras—, hasta los mítines en las plazas públicas como candidato a la presidencia de la República, Vasconcelos levanta un mundo mexicano a través de sus páginas. Es el universo del horror y el del desencanto. También es el de la esperanza durante horas febriles en lucha por las ideas y por las convicciones políticas. Tal el México que se desbordó en el símbolo de un candidato alejado de los desafíos internos del poder; escritor que dominó las palabras para encender el ánimo de una generación de jóvenes que habría de construir el México de la oposición crítica. Despertaba el país que va apartándose, poco a poco, de la barbarie que tanto lo ocupó en esos miles de páginas.

Al correr de las frases una duda va surgiendo por entre el cúmulo de claves: ¿cuál sería la verdadera causa de tanto odio contra Calles? La situación nacional ha indignado a muchos mexicanos; nuestro siglo xix se conoce, principalmente, por páginas autobiográficas o por memorias políticas; sin embargo, nadie iguala al Vasconcelos del tono mayor: su cólera quetzalcoatliana; ninguno, como él, pasó de la investidura mítica al recuento condenatorio, ni otro escritor lo alcanza en la "monumentalidad" que dijera Paz. Tal adjetivo sugiere una obra de amplias proporciones, un volumen ostensible... y eso es lo que representa Vasconcelos en nuestra historia literaria: un capítulo abultado, incómodo por comprometido políticamente, y a veces hasta insólito. Allí ha permanecido durante más de cuarenta años, en la soledad de su género impreciso, en la referencia ideológica a un grupo que, en rigor, sólo estuvo unido por su curiosidad compartida durante los años de juventud. Me refiero a su origen de ateneísta, a sus ligas iniciales con Alfonso Reyes, Antonio Caso, Pedro Henríquez Ureña o Martín Luis Guzmán. Nombres y hombres que, al paso del tiempo, no pueden situarse juntos ni observarse a partir de un mismo lenguaje. Quedaron unidos por la esperanza inicial, por la curiosidad del que comienza y por los actos primeros que definen un carácter. A partir de Madero, cada uno siguió el curso de sus historias diferentes, de sus intereses políticos o de sus quehaceres puramente intelectuales. En menos de cinco años, de 1911 a 1915, aquellos ateneístas ya no eran los mismos.

Fiel a sus intereses especulativos, Antonio Caso continuó el trazo del idealismo que determinó desde su juventud y el mismo que habría de sostener en la célebre polémica con Vicente Lombardo Toledano, en 1933, "Idealismo vs. Materialismo dialéctico", durante el Primer Congreso de Universitarios Mexicanos.[18] De tal evento, y gracias a los argumentos de Caso en favor de la libertad de cátedra y de la universalidad del conocimiento, la posición ideológica de la Universidad se libró de una peligrosa amenaza, sostenida por Lombardo Toledano: adoptar el materialismo histórico para orientar las tareas docentes, culturales y de investigación.

Tal debate podría representar el fin del tiempo evocado por José Vasconcelos. Aquella polémica, de la cual éste no se dio por enterado, no obstante su importancia, expresaba la desintegración ideológica del Maximato, el término de un programa educativo mediante el cual el Estado pretendía "educar" para

---

[18] La polémica tuvo dos etapas: la del Congreso y la sostenida, en 1935, en las páginas de *El Universal*. Los temas tratados por Caso y Lombardo, principalmente, pasarían de la mera argumentación polémica a tema de discusión académica y aun política. Véase Martha Robles, *Educación y sociedad en la historia de México*, Siglo XXI Editores, México, 1977, pp. 137-146.

el trabajo. El hecho cultural más importante del Maximato, único que en verdad requería de la opinión o del juicio crítico de todos los intelectuales, no interesó, aparentemente, al fundador de la Secretaría de Educación Pública.

"Apóstol" del nuevo humanismo, el Vasconcelos en exilio no reparaba en nada que no fuera, en rigor, la acción aparente de sus dos enemigos mayores: Plutarco E. Calles y el embajador de los Estados Unidos en México, Dwight W. Morrow. El hecho revela que en la indignación del ex candidato no estaba el móvil de la barbarie que supuestamente procuró abolir, sino el de la encubierta lucha por el poder. Tenía oídos, ojos y atención para vigilar, a distancia, los acontecimientos del gobierno "institucional"; no los tuvo, sin embargo, para aquello que provenía de otros ámbitos. El asunto de la polémica Caso-Lombardo era importante no sólo por tratarse de dos personalidades de nuestra cultura, sino porque uno y otro sostenían posiciones que todavía son actuales respecto de la función académica de la Universidad.

Una doctrina y no la universalidad del conocimiento era lo que Lombardo Toledano consideraba única herramienta para formar al México de la industrialización que ya ascendía con una clase media imprecisa en sus demandas. Dos posibilidades mexicanas estaban enfrentadas: la de Caso, orientada a un país en libertad, más consecuente con el capitalismo que, de hecho, ha existido en México, y apto para fincar las bases de la democracia mediante las libertades de expresión y de cátedra en las aulas superiores; la de Lombardo, por otra parte, sostenía que la educación es medio de la clase trabajadora para desarrollar su conciencia social; es decir, los obreros impondrían su clase y su significado histórico en el proceso de producción nacional al sentido de la enseñanza, a la necesidad de formarse y a la curiosidad intelectual de cualquier mexicano. Su idea era que la nuestra fuese una "sociedad de trabajadores".

Nada más absurdo que el imponer, en una economía capitalista, la doctrina del materialismo histórico cual método de

enseñanza. Y Vasconcelos, tan cuidadoso para atender las mi-
nucias, no tuvo palabra que decir respecto de asunto tan significado. Le ocupaba, todavía, el recuento de los caídos durante
la guerra cristera. Llenaba sus páginas con la evocación de
nombres o de sucesos decididamente apegados al conservadurismo extremo. La campaña electoral permaneció en su recuerdo como si a partir de ella hubiese ocurrido un despertar
efímero y luego, con la derrota, los asesinatos posteriores, las
defecciones inevitables y la natural dispersión de los vasconcelistas. El país declinaba en una suerte de agonía institucional-
lizada que, para él, no era otra cosa que el pillaje organizado y
evidencia de la "cobarde" respuesta de sus seguidores por no
tomar las armas —en una nueva lucha civil—, para llevar al
Apóstol hasta la silla de gobierno.

Hay varios pasajes en *El Proconsulado* que expresan tal estado de ánimo; sin embargo, "Eulalio vio claro" es la página en
la que puede advertirse este doble tiempo que se encima en los
asuntos mexicanos: uno, el de Vasconcelos, paralizado en
un suceso; otro, el real, sigue el curso de las contingencias, el
de los acomodos naturales y el lógico despertar después de las
derrotas políticas. El primero es el que comparten los grupos
fanatizados, los hombres y mujeres cuya historia permanece-
ría marcada por los evangelizadores caídos, por los santones
cuya voz brotaba en los pueblos de Michoacán y Jalisco, principalmente, y quedaban como ecos lastimeros de aquellos ideó-
logos pasados por las armas: Luis Segura Vilchis, el Padre Pro…
por extrañas causas, los nombres de la Madre Conchita y el de
José de León Toral quedaban, también, prendidos a la memoria
mesiánica de los católicos derrotados. El asesinato de Álvaro
Obregón se antojaba monumento a la justicia, símbolo de
redención y esperanza liberadora de los católicos mexicanos.
Por eso, acaso, León Toral no sería visto como un asesino, sino
como redentor, héroe y hasta víctima de los militares que lo
enjuiciaron hasta el drama final de su fusilamiento.

El segundo, el México que se transformaba por encima de

los eventos de la Revolución y los de la Contrarrevolución, era el del progreso inevitable: el de una clase media con instrucción y recursos para organizarse social y económicamente. Tal el país al que se ajustaban los jóvenes vasconcelistas: nación cuyo nuevo orden, ajeno ya a las luchas frontales entre caudillos, comenzaba a prepararse para una época de reformas, de ajustes políticos y sociales desde la conquista de la autonomía universitaria, en 1929, hasta la expropiación petrolera, en 1938. Ese México es el que no pudo mirar José Vasconcelos, como tampoco pudo comprender lo que Eulalio Gutiérrez le anticipaba durante aquella conversación sostenida —quizá a fines de 1930— en San Antonio, Texas:

> "Se quedará usted gritando en el vacío." "El país está cansado." "Ya no existe el ánimo heroico de otras épocas." "Aun muchos de sus amigos están pensando en la forma de acomodarse; y se volverán contra usted si así es necesario para que los dejen vivir en paz dentro del país..." "Qué le vamos a hacer, usted hizo ya lo que humanamente es posible hacer, manténgase airado, pero no espere, para pronto, una reacción nacional."
>
> —Pero si vengo a que usted mismo me ayude, a urgirle a todo el mundo que se levante en armas, que nos secunde; si no se hace esto en seguida, más tarde será más difícil... —Y le conté lo del recado de míster Hoover... pronto o nunca, nos decía el jefe del imperio.
>
> —Pues siento no poder prometerle nada, porque usted y yo juntos y otros cuantos más, nada lograremos...
>
> A Vito Alessio y a Gerzáin Ugarte les participé el resultado de mi viaje y los dos prometieron mantenerse activos en la tarea de recomendar los alzamientos. Y me llamó la atención que Vito andaba como queriendo esconderse [...][19]

Una y otra vez brincan las contradicciones: tanto criticar a Calles, tanto oponerse al embajador Morrow por sus supuestas injerencias en los asuntos de gobierno y él, probado el efecto de

---

[19] José Vasconcelos, *El Proconsulado, op. cit.,* p. 295.

su derrota, corrió tras la voz de Herbert Hoover, presidente de los Estados Unidos, para que lo ayudara a tomar el poder, quizá por medio de una intervención. "Pronto o nunca..." le diría a Vasconcelos —¿directamente o por mensajero?—, pero ninguno de los dos consideró, en ese momento, que el candidato derrotado no era hombre para oponérsele a Calles. Durante estos meses de 1930 todo parece concurrir en una comedia de equivocaciones, en un drama de torpezas políticas que sólo habrían de servir para que Vasconcelos lo recordara en sus memorias. Con respecto al país, ninguna consecuencia significada: México, entonces ni ahora, ha sido un pueblo de tal vulnerabilidad. Ni siquiera la Cristiada, con ser el movimiento civil y armado que más agitara por sus móviles religiosos —aparentemente—, consiguió doblegar la sólida estructura de poder que logró forjarse a partir de Álvaro Obregón.

Pero Vasconcelos permaneció atado a tales imágenes de manera análoga a la que en *El recurso del método,* de Alejo Carpentier, sobrevive el viejo dictador exiliado. Por la magia de la experiencia vivida, el tiempo se detiene y aquel país perdido, aquella nación distante, comienza a disminuirse frente al símbolo de la grandeza personal. Más grave habría de ser el caso del Vasconcelos que actuaba de Apóstol de América en Europa. Valeria a su lado, los recuerdos a cuestas; algunos mexicanos que aparecen con noticias gastadas o con esperanzas difusas... La trama personal mezclada al suceso público: Valeria/Antonieta sufre la mayor depresión de su vida. Vasconcelos va y viene entre charlas de ilusionismo político. Organizan, en París, *La antorcha.* Antonieta aflora la patria perdida, un tiempo inexistente; no logra apartar su odio de "la canalla", de los "ladrones entronizados". Que se hará bohemia y vivirá como pueda en Europa, dice. Vasconcelos sonríe, no sin ironía. Comienza el deterioro, las frases vagas y, a poco, su desenlace:

Hay noticias dolorosas que nos fulminan: por ejemplo, que la hubiera arrollado un auto; pero aquella ejecución fría, deliberada, me produjo confusión, me dejó atónito, insensible, casi. Al rato, el primer sentimiento fue de ira, como si todavía una intervención violenta pudiera deshacer lo hecho; segundos después, la consideración del mal irreparable me deprimió, me causó malestar de estómago, desesperación. Luego, ya en el taxi, hablando con Pani, la reflexión de lo que tenía que haber sufrido para llegar a una resolución tan terrible me causó enternecimiento, me soltó el caudal de lágrimas. Conmovido, Pani contaba: "Estuvo a verme ayer tarde; me habló de vender, desde aquí, una casa que le quedaba libre; me ofrecí a gestionar la venta; luego, declaró que no, que partía para México y le ofrecí pasaporte. Hace unas horas, antes de mediodía, me llamó al teléfono, me dijo con naturalidad, como si se tratara de tomar un tranvía: 'En este momento, ingeniero, voy a pegarme un tiro'. Algo en el tono de su voz me alarmó y pretendí detenerla, diciendo: 'Dónde está, dígame dónde está para ir a verla, quiero hablarle...' 'No, no' —repuso, y añadiendo: 'ïadiós, adiós!'—, se retiró del teléfono. [...] Una hora después me avisó la policía: 'Se ha dado un tiro en Nôtre Dame una dama de México... que dejó una carta para usted'" [...]

[...] En el famoso hospital se hallaba el cadáver. El oficial que la recogió de una banca de Nôtre Dame nos trasmitió el relato del sacristán: "Había penetrado al templo, que se hallaba casi vacío; se había sentado frente a un altar; se quedó mirando un crucifijo y sacando de la bolsa de mano un revólver, disparó, bajo la teta izquierda, al corazón; nada más se había doblado, con la vista fija en el altar. El sacristán pidió auxilio; cuando llegó la policía, su cuerpo estaba exánime".[20]

El cónsul de México en París, ingeniero Arturo Pani, fue quien recibió el telefonema previo al suicidio y la carta con las frases de rigor "...No culpen a nadie de mi muerte..." Todo lo que rodeaba al dramático suceso tenía algo más que signo de tragedia personal: en Valeria estaba el sello de un Porfiriato degradado, el fin definitivo de los símbolos de los románticos y del modernismo. Con ella acababan los despilfarros y las

---

[20] José Vasconcelos, *El Proconsulado, op. cit.,* pp. 488-489.

ocurrencias culturales que inventaron al Teatro Ulises y pasarían a la historia bajo el nombre de Contemporáneos. Valeria/Antonieta, mujer de dos tiempos mexicanos es, en verdad, uno de los pasajes más reveladores de las memorias de Vasconcelos: su atracción del México perdido con Porfirio Díaz, la aventura del cambio hacia una quimera y, finalmente, la desolación provocada por el descubrimiento de una realidad que, en todo, los rebasaba; a ella, porque carecía de sentido social; porque su educación refinada no era afín al tipo de lucha que se desarrollaba en ese país intermedio entre la soldadera y los intelectuales a la manera de Jorge Cuesta, Xavier Villaurrutia, Salvador Novo... o pintores como Manuel Rodríguez Lozano, quienes, curiosamente, planteaban cuestiones en torno de su homosexualidad o sobre las actitudes vanguardistas, en tanto que el país se desgarraba en luchas tangibles, en hechos trascendentales para la vida nacional. Y, a Vasconcelos, porque la realidad que pretendió construir desde la tribuna pública no era, ciertamente, la de las componendas, la de las alianzas reales o las de la sujeción del poder.

A Antonieta Rivas Mercado y a José Vasconcelos los unió el tono desmesurado de sus acciones. Cada uno de ellos, a su manera, traía hasta el México de las balas y al de las primeras luchas constitucionales, lo mejor del Porfiriato: sus logros educativos; sin embargo, no eran conciliables con este medio, con este lenguaje que brotaba de las clases sociales que fueran oprimidas y que, de pronto, descubrían su fuerza y su capacidad de mando.

Drama extraño, apasionante: la vida de Antonieta está teñida de romanticismo; la de Vasconcelos, de confusión porque en él se mezclaron las necedades mesiánicas, las ideas escolares del supuesto apostolado, una imaginaria superioridad intelectual que lo identificaba como el Maestro de América[21] y la

---

[21] En su tiempo fue llamado así Justo Sierra. Es curioso observar que ambos, él y Vasconcelos, fueron ministro de Instrucción y secretario de Educación Pública, respectivamente.

siempre peligrosa analogía mítica con Quetzalcóatl, el civilizador. En medio de tantos personajes que pretendió protagonizar estaba el verdadero Vasconcelos, el más transparente en su obra escrita: tal el hombre que codicia y que lucha por el poder. Hombre que, sin embargo, carece de armas adecuadas para lograr sus propósitos —de allí el drama de su existencia. No dejaba de ser un intelectual y, aunque diferente a sus compañeros ateneístas, producto de una esperanza de nuevo humanismo forjada durante la agonía de la Dictadura.

No es pasajera su frase, escrita cuando los trámites policíacos habían terminado. Lo acompañaba el escritor Carlos Deambrosis, quien sería secretario de redacción de *La antorcha*. Que necesitaba estar solo, escribió repetidas veces, porque, en realidad, *comenzaba el calvario de su propia conciencia*.

Y es probable que así haya ocurrido porque Vasconcelos, después de este brutal enfrentamiento con la muerte, comenzó la fase del asco, la de las repulsas sociales, la de contradicciones ostensibles y cada vez más acentuadas, hasta llegar, finalmente, a la expresada en *La flama*: tiempo de exaltaciones religiosas, hora de la contrición confesional y páginas de expiación. A Emmanuel Carballo habría de confirmarle lo que tanto repitió en sus últimas páginas: *Las mujeres sólo me han deparado infortunios. Hablé con insistencia del amor porque fui en él desafortunado.*[22]

Tal parece que con el disparo de Valeria se desataron los fantasmas. Desde entonces, Vasconcelos perdería su libertad. Con la muerte de Antonieta quedan marcadas, con dramática claridad, las páginas del rencor, las del desaliento fatal, las del hombre derrotado que incurre en más de una tontería política lamentable.

Como escritor y hombre de ideas, Vasconcelos no podía ignorar que en política hay normas, sistemas de presión y de alian-

---

[22] Emmanuel Carballo, *19 protagonistas..., op. cit.,* p. 22.

zas de cuyo hábil manejo depende la participación en el poder. Su conducta frente a los gobiernos mexicanos no fue la de quien aplicara los medios prudentes para ejercer la democracia. Él actuó como líder al margen de un partido, como anarquista ante el régimen repudiado, como rebelde humanista o símbolo de grupos acosados o perseguidos. Lo apoyaban, fundamentalmente, los católicos y quienes veían en él una posibilidad de reconquistar privilegios perdidos de cierta clase social agotada con el Porfiriato.

Es verdad que tras él aparecía el Partido Antirreeleccionista, pero eso y nada, en tales momentos, daba lo mismo. En realidad, Vasconcelos era el solitario en campaña: imagen fugitiva de un régimen que no había muerto del todo ni tampoco podía reanimarse. De tales ligas nadie habló: no era necesario. Los símbolos brotan y al punto se identifican sin necesidad de explicaciones. Somos nosotros, los mexicanos de hoy, quienes requerimos ahondar en los fundamentos del símbolo para comprenderlo. Para los jóvenes representaba el vigor, una capacidad de oposición que, en México, siempre ha tenido eficacia. Suerte de héroe civil en un medio cifrado por el abuso de los militares, su presencia era, para unos, esperanza ordenadora a través de la legalidad; para otros, seguridad de que el clero y sus expresiones públicas no serían perturbados; para los menos, garantía de que sus bienes ni sus propiedades rurales serían amenazadas con la aplicación de algunos artículos constitucionales. Era también la figura de la revancha del antiguo régimen, o algo aún más representativo en tales momentos: el maderismo fortalecido; *nepantla* entre la dictadura y los gobiernos de la Revolución mexicana.

Sabiamente afirmó Cervantes que "la pluma es la lengua del alma"; la de Vasconcelos era, por cierto, demasiado elocuente. Muy a su pesar brotan entre líneas las verdaderas razones de su participación electoral. Su ejercicio público va aclarándose, con notable facilidad, si el lector procura explicárselo a través de elementos y afirmaciones constantes en su obra autobiográfica. Allí están la evidencias que posiblemente no se han querido reconocer, porque a los mexicanos nos agrada más la idea de un líder perseguido que la de un hombre que, por oscuras razones personales, se convierte en símbolo de revancha de un régimen, de un tiempo histórico o de una generación que pudo ser.

¡Vasconcelos! Pobre alma solitaria; de ahora en adelante, por donde vaya lo seguirá el fracaso. Tal es su destino: despertar inquietudes sin llegar a poner la mano en el timón de la nave que lo arrastra al garete.

ANTONIETA RIVAS MERCADO
(Nota final de su Diario)

EPÍLOGO

EN 1936, José Vasconcelos, después de su estancia en Buenos Aires, llega a Texas. Acaso por primera vez en su vida adquiere hábitos de investigador. Ya en *La tormenta* describía sus horas en la biblioteca pública, entregado al estudio de los temas indostánicos; pero ahora, después del fracaso electoral, se aproximaba a las páginas con la certeza de que ése y no otro era su destino. Así permanece, durante largas jornadas, en un cubículo de la Biblioteca de Austin. Encomia su orden, el respeto con el que los estadunidenses reúnen títulos de todas las culturas para ponerlos a disposición del saber de todos.

En uno de sus acostumbrados gestos de omisión, pasa por alto un hecho en el cual él tuvo responsabilidad directa: el principal acervo del fondo de Austin, en lo que respecta a temas mexicanos, provenía de la biblioteca de Genaro García; aquella que él mismo, cuando fuera secretario de Educación Pública, rehusara comprar a su descendencia por considerarla un "montón de papeles viejos".

Sí, ciertamente, la de Austin era y es una biblioteca admirable: se ha formado con lo mejor de lo nuestro, desde el siglo XIX.

Vasconcelos describe, en *La flama,* la paz del *campus,* el saludable vigor de los estudiantes, sus espaciosas facultades y el bienestar que ofrece ese recinto "útil, servicial, comedido, hospitalario".[1] Los temas filosóficos lo atraen, pero se inclina por los mexicanos:

Todo el plan de mi libro *Breve historia de México,* comenzó a perfilárseme en la mente. La revancha estaba allí, en la conquista de la

[1] José Vasconcelos, *La flama...*, *op. cit.,* pp. 428 y ss.

163

verdad. Si la justicia se derrumba en la realidad, queda el recurso de trasladarla al pensamiento...[2]

En su mente, el plan de una obra que comienza, la de "la revancha", y la agitación por las noticias desde México. Todo lo aturde; lo incomoda cuanto hace el presidente Lázaro Cárdenas —"tan inculto e inepto como un agente de tránsito". Compara la Universidad de Austin, el bienestar económico de sus maestros, a la de México; vuelve a lamentarse y de entre páginas leídas, reflexiones resentidas y no pocos informes que le llegan de su patria envía, regularmente, colaboraciones a la revista *Hoy*. Su vida transcurre entre la melancolía y el quehacer intelectual; después de Valeria siguieron la soledad disfrazada de contrición católica y de apego familiar. A los cincuenta y cuatro años de edad, un envejecido Vasconcelos actúa como abuelo caprichoso.

A diario se cruza con algún mexicano. Habla con exiliados de la Cristiada, con generales opuestos al gobierno de Cárdenas y con personajes cuya identidad encubre. Reitera su oposición a Cárdenas a quien, como sus interlocutores, considera un usurpador cuyas "torpezas" —la política de reformas; fundamentalmente la agraria— les hace suponer que es la oportunidad del levantamiento esperado:

> Les di a conocer mis relaciones con el Gral. Cabral, que se hallaba en Arizona, y con otros muchos jefes que deseaban actuar y me instaban a no desistir en mi actitud de protesta. La violación del voto en el 29, no había sido olvidada. Constantemente había yo sostenido que, desde entonces, todos los Gobiernos que se han sucedido han sido de usurpadores. Sin excepción, por supuesto, del más desleal de todos esos usurpadores, el General Cárdenas, que de Presidente del Partido Oficial de la imposición, había saltado a Presidente, por medio de otra usurpación y su deslealtad a su benefactor.

---

[2] José Vasconcelos, *La flama, op. cit.,* p. 426.

"Lo que a usted le ha faltado, dijeron los tres amigos, es dinero, y venimos a entregarle nuestra contribución y a informarle de un plan destinado a conseguir lo necesario."[3]

La ilusión política, otra vez, reanima la fábula vasconcelista. No faltan quienes le aseguran que Acción Nacional se organiza con sus otrora seguidores, que el ambiente es propicio para el retorno del Maestro, del Presidente Electo, de cuya investidura fuera despojado por "la canalla".

Las alusiones a Calles, al final del Maximato, no son políticas, sino en todo vinculadas a su experiencia personal. No olvida que, después del 29, él insistió en derrocarlo mediante una lucha armada del todo imposible; su ofuscación le impide reconocer que sería Cárdenas, precisamente, el que lograría el fin del Jefe Máximo de la Revolución mediante una inteligente y cuidadosa maniobra política.

Obcecado con las imágenes de la ilegalidad electoral lanzó, en 1935, un manifiesto cuya única trascendencia sería su publicación en la primera serie de *Cartas políticas de José Vasconcelos* (1959), reunidas por Alfonso Taracena. Aunque aquel escrito no llegó a circular y por eso quedó sin efecto, sí revela cierto apagamiento de su ira frente a los "gobiernos espurios", como calificara a los de Ortiz Rubio, Portes Gil, Abelardo L. Rodríguez y Lázaro Cárdenas. Con este estado de ánimo es como recibe a los empresarios norteños. Acepta la ayuda económica y arregla su traslado a la ciudad de San Antonio.

Son los meses del verano y del otoño de 1936, en los que se entretiene procurando supuestas conspiraciones. Aquí y allá descubre interlocutores con quienes comparte esa tendencia suya a hacer del odio privado un argumento político y de la pequeña experiencia, causa de un levantamiento armado.

La contradicción de Vasconcelos es evidente: durante sus horas de estudio soñaba más con caballos, con organizaciones

[3] José Vasconcelos, *La flama, op. cit.,* pp. 437-438.

armadas y con hombres dispuestos a enfrentar al cardenismo que con una obra intelectual terminada, después de sus indagaciones. El contexto en el que fuera escrita su *Breve historia de México,* explica lo sustancial de su contenido.

Un día indefinido de 1936, en la ciudad de Los Ángeles, se entrevista con el general José María Tapia, viejo y leal callista, quien dejara fama de administrador honrado: "no se le atribuía ningún asesinato y no se había enriquecido", a pesar de sus vínculos con "la pandilla de los Ministros y Generales del régimen del Jefe Máximo". Tapia fue, sin duda, correo particular de Calles para invitarlo a reunirse con él en el rancho de Tapia, entre esa ciudad y la de San Francisco. Convienen la hora y el día y, al acceder, Vasconcelos hace los arreglos pertinentes con Francisco Ahumada, hermano de su yerno, quien fuera el introductor del emisario.

Los modos de la política mexicana se aplican con puntual rigor. Antes de encontrarse con Calles, Vasconcelos escucha las confesiones de Tapia: era un hecho su triunfo electoral en 29; pero el general Calles era el "ídolo" de los revolucionarios, por eso habían apoyado a Ortiz Rubio; pasados los años y ambos contrincantes en exilio, era justo que se encontraran, porque, según las palabras de Tapia:

> Es una lástima que ustedes dos hayan disentido. Ahora, sin embargo, estoy seguro de que puede producirse una reconciliación en beneficio de nuestro país, y por eso me he puesto a las órdenes de ustedes.[4]

Preparadas las partes, cada uno tomó camino a San José. Dos derrotados, dos aspirantes al poder, dos enemigos desesperados llegaban a pararse uno frente al otro, como si intercambiaran una fábula. El diálogo,* contra las conjeturas posibles del resultado de un encuentro con el hombre que más

---

[4] José Vasconcelos, *La flama, op. cit.,* p. 463.
* Véase el Apéndice II, p. 181.

odió en su vida, es asombroso. La cordialidad y casi el afecto fueron el tono de su conversación. Calles ofrece una fuerza que creía poseer en el ejército. Presume que la popularidad de Vasconcelos permanecía intacta, después de seis años. Charla insólita por su cinismo, por la tranquila relación de hechos que hace Vasconcelos. Se entienden en su repudio a Cárdenas y acuerdan regresar a México al mando de una revolución restauradora. Nada pide Calles y nada le ofrece Vasconcelos. Calles, más coherente, clama venganza; Vasconcelos insiste en lo que llama "su justicia". Descubre, al fin, el móvil de tantos esfuerzos y palabras: el afán del poder.

Se despiden, después de una tranquila comida, como dos viejos jefes de ejércitos fantasmales; sombras que inevitablemente acudirían a la supuesta convocatoria que lanzaría Vasconcelos; pacto comandado bajo las órdenes secretas de Calles a los jefes del ejército mexicano. Los viejos sueñan, brindan por su fábula.

De todas las defecciones que Vasconcelos tuvo en su vida, ninguna descubre lo que en el fondo de su espíritu movió su odio a Calles. De esto quedará, acaso, un tema literario: el gran secreto de la simpatía distante entre el "dueño del poder en México" —"ignorante y zafio"— y el Apóstol de América, mesías de la justicia y de la democracia mexicana.

Vasconcelos regresa al país en 1939 y Calles en 1941; los dos aparecen en público cuando Manuel Ávila Camacho anuncia la Unidad Nacional, el 15 de septiembre de 1942. Fue un suceso que atrajo la atención asombrada de los mexicanos de entonces: ver en la tribuna improvisada, bajo el balcón central del Palacio de la Nación, a Adolfo de la Huerta, a Pascual Ortiz Rubio, a Emilio Portes Gil, a Abelardo L. Rodríguez y, a sendos lados del presidente, a Plutarco E. Calles y a Lázaro Cárdenas. Esto sucedía cuando nuestro país entraba a la guerra contra el fascismo. Aquél sería el acto simbólico de unión de los contrarios, en bien de los fines de una política que proponía anteponer lo que se llamaba "intereses de la República"

a los de un partidarismo que tenía, en cada presidente, seguidores obstinados.

Calles no pudo resucitar el callismo. Su retiro de la cosa
pública fue severo. Vasconcelos, por su parte, prosiguió su
labor en diarios y revistas semanarias. Fue nombrado director
de la Biblioteca México, cuyo recinto ocupa parte de la Ciudadela de la que partió la ofensiva militar de Félix Díaz y Manuel Mondragón, la cual llevó a Victoriano Huerta a aquella
supuesta presidencia. Las hermanas de Vasconcelos habitaron
una sección del edificio. Él, en su despacho de director, prosiguió la única tarea que explica su verdadero carácter: el de un
escritor.

Curioso universo: macetas domésticas en ciertos corredores
—cerrados al público— del recinto bibliotecario, recuerdos de
tiempos vencidos llenando las cuartillas de un hombre que no
supo conformarse con los cambios de su historia, alguna cam-
pana parroquial que tañe, como toque de queda, para evocar
los días en que la madre le enseñaba a rezar y, a su alrededor,
las escenas familiares del padre y del abuelo que retorna al
hogar después de una batalla.

Vasconcelos, durante algo más de veinte años, cobijó su
propia vejez. Miembro de la Academia Mexicana y del Colegio
Nacional, dictó conferencias no muy concurridas. Ocasión
hubo para el amor final, el de la compañía última y, quizá,
sosegada. Renovó amistades y avivó antiguas devociones.

El tiempo del vasconcelismo, como el del callismo, habían
terminado.

Y, como acto final, lo insólito en nuestro tiempo mexicano: sus
restos reposan en la capilla de la Inmaculada, en la Catedral
Metropolitana. Al pie del altar, se lee en la lápida conmemorativa:

JOSÉ VASCONCELOS
1882-1959

APÉNDICES

APÉNDICE I

Al día siguiente de su llegada, Bonillas asiste a un mitin en el Teatro Obrero de Saltillo, para aceptar la postulación de su candidatura. Allí, un grupo de obregonistas, encabezados por Aurelio Manrique, escandaliza y sale a la calle para protestar "contra la imposición de Bonillas".

Marzo 21   Llega Bonillas a la ciudad de México y, en la estación de
(1919)   Buenavista, lo reciben miles de personas. Taracena escribió que los obregonistas, desde los andenes, lanzaban confetti revuelto con "pica pica", un polvillo que causaba estornudos y, además, chile piquín remolido y convertido en polvo finísimo; también revolvieron tachuelas con el confetti. Hubo necesidad de que interviniera la policía montada y que hiciera detenciones: más de cuarenta personas; entre ellas, Basilio Badillo y Miguel Alessio Robles. Con los presos se encontraban algunos diputados.

Marzo 26   El general Pablo González rompe con el presidente Carranza. Según Taracena, don Venustiano había accedido a que, en vez de Bonillas, fuera el doctor Luis G. Cervantes el candidato oficial.

Marzo 28   Álvaro Obregón llega a Tampico y se organiza un mitin desde los balcones del Hotel Continental. Dicen discursos Aurelio Manrique, Rafael Martínez Escobar y Manlio Fabio Altamirano, quienes son aprehendidos.

Marzo 30   Obregón llega a Ciudad Victoria, Tamaulipas, y dirige un telegrama al Partido Liberal Constitucionalista en el que dice: "[...] *Tengo la conciencia de que el triunfo nuestro está asegurado y lo consolidaría de una manera absoluta, la consumación de nuevos atentados*".[1]

---

[1] Alfonso Taracena, *La verdadera Revolución...*, *op. cit.,* p. 210.

Marzo s/f.   Salvador Alvarado (1879-1924) publica en Nueva York,
en folleto de 37 pp. *La traición de Carranza* con cuatro
textos: "Quién es Venustiano Carranza", "El presidencialismo en México", "Carta abierta al C. Venustiano Carranza" y "El porqué de la nueva Revolución". Alvarado, uno de los comandantes del Ejército constitucionalista, general de división a los 26 años de edad, jefe del Cuerpo
del Ejército del Sureste que comprendía los estados de Chiapas, Tabasco, Campeche, Yucatán y el entonces territorio de Quintana Roo, sería
gobernador de Yucatán de 1915 a 1917 en donde decretó la República
Escolar y la liberación de los peones; secretario de Hacienda en el
gobierno de De la Huerta, se exilia en los Estados Unidos por inconformidad con la candidatura de Bonillas, país desde el cual escribió
contra Carranza; participó en la rebelión delahuertista y sostuvo
durante once días la ofensiva de las fuerzas al mando de Obregón, en
Ocotlán, Jalisco. Fue asesinado por un ex felicista en Tabasco.

En los telegramas incluidos por Vasconcelos en *La caída de Carranza* hay dos que completan esta historia: el del 31 de marzo, dirigido por Adolfo de la Huerta, gobernador del estado de Sonora a don
Venustiano Carranza y la respuesta de éste, del 2 de abril. Según De la
Huerta, "la prensa amarillista" de los Estados Unidos propalaba noticias sobre la destitución de su gobierno por otro militar.

La alarma de De la Huerta provenía de la llegada del general
Manuel M. Diéguez, con algunas tropas, a diversas poblaciones de
Sonora. Carranza, en su respuesta, le dijo a De la Huerta:

> Me extraña sobre manera que tanto el gobierno como el pueblo de
> ese Estado hayan dado crédito a las noticias propaladas por la
> prensa amarilla de los Estados Unidos.[2]

Abril 2   El general Plutarco Ellas Calles declara, en Nogales, que
sería inminente una revolución si se sustituye a las autoridades sonorenses.

Abril 6   Llega Álvaro Obregón a la ciudad de México, acompañado por Miguel Alessio Robles y por el general Francis-

---

[2] José Vasconcelos, *La caída...*, *op. cit.*, pp. 148-152.

co R. Serrano [quien, en 1927, sería asesinado en Huitzilac. Martín Luis Guzmán contó esa tragedia en *La sombra del Caudillo*].

Abril 7   La legislatura de Sonora dirige al presidente Carranza un telegrama para protestar por la movilización de tropas sin que existiera campaña militar alguna:

En cuanto a las circunstancias especiales que usted indica [...] no pueden ser otras que el propósito deliberado, imperante en las esferas oficiales de la Federación, de realizar impunemente una burla sangrienta al voto popular, con motivo de las próximas elecciones para Presidente de la República.[3]

Abril 8   Manifiesto de diputados y de senadores obregonistas mediante el cual condenan a Carranza porque

lejos de limitarse a ejercitar su acción dentro de los preceptos constitucionales, se ha constituido en un partido político militante con violación, no sólo de nuestro Código Fundamental, sino también con menosprecio de las promesas que arrastraron al pueblo a la sangrienta guerra civil, cuyas consecuencias soporta un resignado en espera de recobrar como justa compensación el libre ejercicio de sus derechos políticos. [Refiriéndose a Bonillas, agregan los legisladores:] El exótico candidato presidencial, a quien el Ejecutivo, con menoscabo de los fondos del Erario, se obstina en imponer contra la voluntad del pueblo soberano para servir los mezquinos intereses de un grupo privilegiado nacido a la sombra del poder actual [...] [Más adelante, advirtieron a Carranza que] el país arderá en una nueva y destructora revolución de consecuencias incalculables que afectarán hasta a la misma nacionalidad.

La responsabilidad de tan grave mal inferido a nuestra Patria, será sólo de aquellos que, cerrando sus oídos y arrancando su corazón prefieran abrazarse al dios de su Egoísmo y de sus Ambiciones.

Nosotros, senadores y diputados al Congreso de la Unión, representantes de los intereses del pueblo de toda la Nación protesta-

[3] José Vasconcelos, *La caída...*, *op. cit.,* pp. 171-172.

mos enérgicamente contra tales abusos del Poder, y arrojamos la responsabilidad de lo que sobrevenga sobre el Poder Ejecutivo; no sin antes excitar al Pueblo Mexicano para que, haciendo honor a su dignidad personal y a su Patria, oponga a las concupiscencias oficiales la coraza de la Ley y la fuerza de su Derecho.[4]

Abril 10   Telegrama circular de Adolfo de la Huerta a los presidentes municipales del estado de Sonora, diciéndoles que el general Plutarco Elías Calles ofrecía sus servicios a su gobierno, "para la defensa de la soberanía del Estado, y con fundamento en la Ley número 30, decretada ayer por el Congreso del Estado, he tenido a bien nombrar a dicho general Jefe de las Operaciones Militares en esta entidad [...]"[5]

Telegrama del Presidente Carranza al Gobernador De la Huerta, el cual dice así:

Tengo conocimiento de que el gobierno de ese Estado ha incautado las líneas del ferrocarril Sud Pacífico que se encuentran en territorio de Sonora. De ser cierto, sírvase ordenar desde luego la devolución de la empresa de la parte incautada e informe al Ejecutivo Federal sobre la causa de esas medidas para resolver aquí lo que proceda.[6]

Abril 11   De la Huerta contesta a Carranza informándole de una huelga en esos ferrocarriles y que, de acuerdo con la empresa, se reanudaba el servicio. El mismo día, el general Diéguez se dirige a Calles, desde Guadalajara, diciéndole que

apasionado por sentimientos personalistas, está desarrollando una labor antipatriótica. Comprende su exasperación porque el Ejecutivo Federal ha demostrado los proyectos que él, Calles, y los suyos, habían imaginado poder llevar a la práctica sin obstáculo alguno.[7]

---

[4] José Vasconcelos, *La caída...*, *op. cit.*, pp. 185 y ss.; y Alfonso Taracena, *La verdadera Revolución...*, *op. cit.*, pp. 214-215.

[5] Alfonso Taracena, *op. cit.*, p. 217.

[6] *Idem.*

[7] *Idem.*, p. 218.

[El general Diéguez sería fusilado, por órdenes de Obregón, el 20 de abril de 1924, por unirse a la rebelión de Adolfo de la Huerta.] Entrevista de Alvaro Obregón y Pablo González en el restaurante Chapultepec, acompañados por Rafael Zubaran Capmany, Juan Sánchez Azcona y el general Jacinto B. Treviño. Según Taracena, Obregón dijo que estaba muy comprometido por la actitud de los sonorenses que habían actuado sin conocimiento suyo.

Abril 12   Taracena refiere que Obregón tuvo una larga plática con Vicente Blasco Ibáñez en la cual narró cómo habían encontrado, sus oficiales, la mano desprendida de su brazo en una de las batallas de Celaya; también, un atroz episodio sobre el robo del reloj del embajador español, en el cual don Venustiano aparece como un pillo mayor que el propio Álvaro Obregón. Éstas eran las anécdotas que servían a escritores, como Vasconcelos, para desprestigiar a la Revolución. Blasco Ibáñez, en *El militarismo mexicano,* habría de abundar en semejantes imágenes deplorables.

Adolfo de la Huerta, gobernador de Sonora, dirigió un telegrama a *The New York World* informándoles de lo que, según él, constituía una violación al estado de Sonora por parte del Ejecutivo de la Nación.

Abril 13   El Jefe del Estado Mayor Presidencial, general Juan Barragán, informa que el general Juan José Ríos, jefe de las Operaciones en Sonora, fue desconocido por las fuerzas federales que tenía a su mando y que éste salió, por Nogales, a Ciudad Juárez.

El mismo día se publica el Manifiesto de Adolfo de la Huerta y de algunos diputados, entre ellos, Gilberto Valenzuela, en el que informan a los habitantes de Sonora sobre el conflicto con el Ejecutivo Federal y lo acusan de fraudes en las elecciones de Guanajuato, San Luis Potosí, Querétaro, Nuevo León, Tamaulipas y en las del Ayuntamiento de la ciudad de México y de la disolución, entre otros cargos, del Partido Socialista Obrero de Yucatán, así como del supuesto atentado cometido por el general Francisco Murguía, en contra de los obregonistas de Tampico. Señalan, finalmente, que el gobierno de Sonora recibe adhesiones de toda la República.[8]

[8] Alfonso Taracena, *La verdadera Revolución...*, *op. cit.*, p. 223.

Abril 17   El gobernador de Michoacán, Pascual Ortiz Rubio, al man-
                do de 150 hombres, abandona Morelia y se interna por
la Tierra Caliente en abierta sublevación en contra del Gobierno Federal.

Abril 17   Obregón llega a Chilpancingo. Lo recibe el gobernador
                Francisco Figueroa. El gobernador de Zacatecas, general
Enrique Estrada, se levanta en armas contra el presidente Carranza.

Abril 18   En el Palacio de Gobierno de Chilpancingo el gobernador
                Figueroa presenta al general Obregón a algunos funcio-
narios locales, entre ellos a Teófilo Olea y Leyva, uno de los "Siete
Sabios".

Abril 20   El general Ángel Flores informa a Plutarco E. Calles haber
                ocupado Culiacán. El Comité Directivo del Partido Labo-
rista Mexicano, representado en Chilpancingo por Luis. N. Morones,
Ricardo Treviño y Salvador Álvarez, lanza un Manifiesto en el cual
recomiendan a los obreros y a los campesinos cooperar en la lucha,
iniciada en Sonora, Zacatecas y Guerrero, por haber violado el Gobierno Federal la Constitución de la República.
Manifiesto de Álvaro Obregón desde Chilpancingo:

> El actual Primer Mandatario de la Nación, olvidando su alta inves-
> tidura de suprema autoridad, se convirtió en jefe de una bandería
> política y puso al servicio de ésta, todos los recursos que la nación
> le confió para su custodia, y violando todo principio moral, abier-
> tas las cajas del Tesoro Público y utilizando sus caudales como
> arma de soborno para pagar prensa venal, ha tratado de hacer del
> Ejército Nacional un verdugo al servicio de su criterio político, y la
> posterga, la intriga y la calumnia han gravitado alrededor de los
> miembros de dicho ejército, que conscientes de su honor de solda-
> dos y de su dignidad de ciudadanos, se han negado a desempeñar
> funciones que mancillan su honor y su espada [...] Que el mismo
> Primer Mandatario, Jefe nato del partido "bonillista", al darse cuenta
> de que una mayoría aplastante de los ciudadanos de la República
> rechazaban con dignidad y con civismo la brutal imposición, pro-
> vocó un conflicto armado, para, en él, encomendar a la violencia
> un éxito que no pudo alcanzar dentro de la ley, y a este conflicto,

que fue provocado para el estado de Sonora, han respondido las
autoridades y los hijos de aquel Estado con una dignidad que ha
merecido el aplauso de todos los buenos hijos de la Patria [...][9]

Abril 23   Plan de Agua Prieta.*

Abril 24   Declaraciones de Calles a los corresponsales de los pe-
                  riódicos y de la prensa asociada con Agua Prieta.[10] Es
importante señalar que, en su periodismo político, José Vasconcelos
habría de repetir los argumentos esgrimidos por Calles en contra del
presidente Carranza.

Del 25 de abril al 4 de mayo, en distintas partes del país, ocurren
sublevaciones militares en contra de Venustiano Carranza.

[9] José Vasconcelos, "Manifiesto que desde la ciudad de Bravos, Chilpancingo, lanza a la Nación el candidato del pueblo", *La caída..., op. cit.,* pp. 203 y ss.
* Véase el Apéndice v, p. 189.
[10] Alfonso Taracena, *Figuras y episodios de la historia de México. La verdadera Revolución Mexicana. Sexta etapa (1918-1920), op. cit.,* pp, 233-234.

Abril 24. Entrega el general Plutarco Elías Calles, a los corresponsales de los
periódicos y de la Prensa Asociada, en Agua Prieta, Son., unas declaraciones fir-
madas por él en las que revela que Carranza, ante el general Murguía, le dijo en
Querétaro: "Usted comprenderá que el general Pablo González no es candidato
viable a la Presidencia, y el general Álvaro Obregón, por la política de ataque a
nosotros, que viene desarrollando, tampoco puede ser Presidente; pero mañana
llegarán a esta población los señores licenciados Luis Cabrera y Manuel Aguirre
Berlanga y en una junta que celebraremos con ellos vamos a resolver esta
situación, determinando quién debe ser el candidato a la Presidencia de la
República, que el Gobierno va a sostener y a imponer, si es necesario, por cualquier medio". A la salida de la conferencia le manifestó el general Murguía que
el candidato de Carranza, era el ingeniero Bonillas. Antes de que llegaran
Cabrera y Aguirre Berlanga, Calles dijo a Carranza que él no podía traicionar
sus convicciones y que se inclinaba por Obregón. Sigue atacando a Carranza a
quien considera sin escrúpulos y rodeado de una camarilla corrompida que tra-
fica con todo. Afirma que con su política internacional ha venido Carranza
engañando al pueblo mexicano. En los cuatro meses que permaneció en el
gabinete, lo observó de cerca: "Quedé completamente convencido –dice– de
que este farsante es un tirano vulgar que no obedece otra ley que su voluntad
y no persigue otro ideal que conservarse en el Poder. Como Carranza desea
incondicionales en vez de colaboradores, sigue el sistema de corrupción para
hacerse de los hombres que necesita. La corrupción la logra con los espíritus
débiles, con dádivas, concesiones y toda clase de impunidad para los negocios
sucios y los atropellos de sus autoridades y de sus esbirros..."

5 de mayo   Carranza lanza un Manifiesto a la Nación, en el cual ana-
                liza los orígenes de la rebelión y, "la labor corruptora" de
Obregón entre los miembros del ejército y sus tratos con enemigos de la
Revolución como Félix Díaz y Manuel Peláez, jefe de las Guardias
Blancas de las compañías petroleras (al frente del desfile del ejército
de Agua Prieta, en la ciudad de México, en mayo de aquel año, iban
Álvaro Obregón, Benjamín Hill y Manuel Peláez, precisamente).

Carranza afirma que estaba resuelto a hacerse respetar y que ape-
laría "a todos los medios que la conveniencia pública y el patriotismo
aconsejen, para no dejar el Gobierno del país en manos de ninguno de
los caudillos militares, que seguirán ensangrentando la Patria".[11]

Mientras Carranza se dirige al Panteón de San Fernando, a la cere-
monia en honor de Ignacio Zaragoza, ese 5 de mayo, recibe una parte
del general Francisco Murguía en el cual le informa que se ha empeñado un combate contra las fuerzas del general Luis Hermosillo en
Otumba. En la tarde de ese día, el aviador Carlos Santana lanza algunas granadas sobre Cuernavaca y Texcoco. Empieza la deserción de
las tropas del ejército federal.

6 de mayo   El presidente Carranza resuelve trasladar los poderes fe-
                derales al Puerto de Veracruz.

7 de mayo   Embarcan las tropas y los empleados desde las estacio-
                nes de Colonia y Buenavista. Las escenas de la salida de
los trenes, de la máquina lanzada por ferrocarrileros para estrellarla
contra el tren en que viaja el 2° Regimiento de Infantería, *Supremos
Poderes;* los heridos y el convoy con municiones y partes de la avia-
ción y de la Guardia Presidencial, son imágenes que anticipan el
desastre que se inicia en las llanuras de San Juan Teotihuacán y termina en la Hacienda de Aljibes, en el Estado de Puebla, de la cual parte
Carranza hacia su muerte.

Entran a la ciudad de México las tropas al mando de Jacinto B. Treviño. En el Palacio Nacional, desde uno de sus balcones, Treviño habla a la tropa congregada.

El general Juan Barragán, jefe del Estado Mayor Presidencial de
Venustiano Carranza, encabezó un escrito con la denuncia del Presi-

---

[11] Alfonso Taracena, *Figuras y episodios..., op. cit.,* pp. 236-237.

dente, dirigido a Pablo González. Tal escrito y su refutación por Álvaro Obregón[12] fueron incluidos por Vasconcelos en *La caída de Carranza.* Alfonso Taracena, en su anotación correspondiente al 20 de mayo (pp. 161-225), incluye la versión del supuesto suicidio de Carranza que ha corrido como verdad hasta nuestros días. El comentario de

[12] Dos misivas son fundamentales para conocer la versión de los cabecillas militares respecto de la muerte de Carranza. La primera, copia del mensaje dirigido al general Pablo González de 21 de mayo de 1920, informa que esa madrugada, en Tlaxcalaltongo, Carranza fue hecho prisionero *y asesinado cobardemente.* La respuesta de Obregón parece disipar cualquier sospecha posterior respecto del supuesto suicidio de Carranza:

LA MUERTE DE CARRANZA

México, mayo 22 de 1920.

General Juan Barragán y demás firmantes del mensaje de ayer.– Necaxa, Pue.

Enterado del mensaje que dirigen al señor general Pablo González y que se sirvieron transcribirme, y cuyo texto dice:

"Número 4.– Necaxa, el 21 de mayo de 1920.– Recibido a la 1.50 a.m.– General Á. Obregón.– Urgente.– Hoy decimos al general Pablo González lo siguiente: Hoy a la madrugada, en el pueblo de Tlaxcalaltongo, fue hecho prisionero y asesinado cobardemente, al grito de ¡viva Obregón! el C. Presidente de la República don Venustiano Carranza, por el general Rodolfo Herrero y sus chusmas, violando la hospitalidad que le había brindado. Los firmantes de este mensaje protestamos con toda la energía de nuestra honradez y lealtad ante el mundo entero por esta nueva mancha arrojada sobre la Patria. Cumplida la obligación que nuestra dignidad de soldados y amigos nos impone, nos ponemos a la disposición de usted y sólo pedimos llevar el cadáver de nuestro digno jefe hasta su última morada en esa capital, suplicándole ordenar se nos facilite un tren en Beristáin para tal objeto. Atentamente.

Firmados.– General *Juan Barragán, F. de P. Mariel, Federico Montes, Marciano González, Ignacio Bonillas,* Coroneles *M. Fernández, S. Lima, Arturo Garza, Librado Flores, Eustaquio Durán, Maclovio Mendoza, Victoriano Neyra, Benito Echauri, Horacio Sierra, Dionisio Mariles, Victoriano Farías,* Mayor *Ignacio Meza;* Capitanes primeros *Pedro Rangel, Ismael García, Raúl Fabela, Juan R. Gallo, Fermín Valenzuela;* Capitanes segundos *Santiago Kelly, Ignacio M. Velita, Juan Sánchez, Mariano Gómez;* Tenientes *Pedro Montes, Juan G. Barrón, Manuel Robledo;* Subtenientes *Pascual Zamarrón, Wenceslao Cáceres, Tirso González".*

Es muy extraño que un grupo de militares que, como ustedes, invocan la lealtad y el honor y que acompañaba al C. Venustiano Carranza, con la indecli-

Álvaro Obregón al comunicado de Barragán descarta cualquier duda: da por hecho el asesinato durante el asalto de las fuerzas opositoras, que estuvieron al mando del general Rodolfo Herrero, quien era parte del Plan de Agua Prieta, toda vez que era subalterno de Manuel Peláez.

nable obligación de defenderle, haya permitido que se le hubiera dado muerte, sin cumplir ustedes con el deber que tenían, ante propios y extraños, de defenderlo hasta correr la misma suerte, máxime cuando sabe toda la nación que son ustedes precisamente los más responsables en los desgraciados acontecimientos que han conmovido a la República durante las últimas semanas y que ayer tuvieron el lamentable desenlace de la muerte del C. Venustiano Carranza, muerte que encontró abandonado de sus amigos y compañeros, quienes no se resolvieron a cumplir con su deber en los momentos de prueba. Repetidas ocasiones se notificó al C. Carranza que se le darían toda clase de garantías a su persona, si estaba dispuesto a abandonar la zona de peligro; y él se negó a aceptar esta prerrogativa, porque creyó indudablemente que habría sido un acto indigno de un hombre de honor ponerse a salvo, dejando a sus compañeros en peligro. Este acto, que reveló en el señor Carranza un rasgo de dignidad y compañerismo, no fue comprendido por ustedes.

Solamente los firmantes del mensaje a que me refiero son treinta y dos militares y un civil; número más que suficiente, si hubieran sabido cumplir con su deber, para haber salvado la vida del señor Carranza, si es, como ustedes lo aseguran, que se trata de un asesinato; y tengo derecho a suponer que ustedes huyeron sin usar siquiera sus armas, porque ninguno resultó herido. Si ustedes hubieran sabido morir defendiendo la vida de su jefe y amigo, que tuvo para ustedes tantas consideraciones, se habrían conciliado en parte con la opinión pública y con su conciencia y se habrían ahorrado el bochorno de recoger un baldón, que pesará siempre sobre ustedes.

Á. Obregón.

Véase José Vasconcelos, *La caída de Carranza, op. cit.,* pp. 207-209.

APÉNDICE II

Diálogo de Plutarco E. Calles y José Vasconcelos, en el rancho del general José María Tapia, en San José, California, en el otoño de 1936.
Fragmento de "La entrevista", *La flama, op. cit.,* pp. 465-469:

Nos dio asiento el Gral. Tapia y en seguida se retiró para volverse a presentar con el Gral. Calles, que con toda sencillez me tendió los brazos, apostrofando: "¡Licenciado!" A lo que contesté, tendiendo también los brazos hasta tocarlo cerca de los hombros y diciendo: "¡General!". En seguida nos sentarnos y empezaron a circular, portadas por un criado, las bandejas con vasitos de Manzanilla y platos pequeños con esas aceitunas negras de California preparadas en salmuera con cebolla, que son positivamente deliciosas.

Desde el comienzo, la conversación fue fácil. La inició el General: "Hemos sido, durante muchos años, unas veces amigos y otras veces enemigos, y ahora nada impide que hablemos como hombres."

"En efecto, General, nada se lograría con reproches inoportunos: lo que nos interesa es el presente."

Calles: "Pues verá usted, Licenciado, y permítame que comience hablando de mí. Yo, como usted comprenderá, no quiero nada de México. Pero es mi país y en él tuve cuanto puede ambicionar un hombre; todo lo que el más ambicioso puede desear. Usted sabe lo que significa el poder en nuestra patria; ahora estoy viejo y dedicado a mis hijos, no tengo ambición personal de ningún género; veo que el país va a la ruina con esta gente, pero no quiero intervenir, sólo busco mi venganza. Es necesaria para que otras gentes puedan hacerse cargo del futuro del país.

"Le digo a usted todo esto para que no crea que si el día de mañana ejerce usted en México la autoridad a que tiene derecho, voy yo a pedirle nada. Nada necesito. Mi carrera en México ha terminado. Pero es mi deber colaborar para que esta gente de ahora sea echada del mando."

Licenciado: "Puede usted lograr mucho todavía, en este sentido."

General: "Así lo creo. De distintas zonas del país, diversos Comandantes me mandan aviso en este sentido. No he querido movilizarlos hasta ahora, porque ello beneficiaría al Gral. Cedillo, que tiene ambiciones y nada más está estorbando. Ya le he mandado decir que lo harán pedazos porque él no es una bandera política. Pero hay que estar preparados para el momento en que desaparezca Cedillo".

Licenciado: "¿Y cuál sería el plan de usted llegado ese caso?"

General: "Mire, Licenciado, usted me conoce y sabe que ya no tengo más lenguaje que el de la franqueza".

"Usted perdió en el 29 porque le faltó la fuerza. Tenía usted la popularidad y es todavía el único que podría recobrarla con sólo que se presente una oportunidad cualquiera. Yo tuve la fuerza y creo seguirla teniendo. Mi plan actual es éste: mover al Ejército para que derroque a Cárdenas y establezca un Gobierno a cargo de un Triunvirato Militar. Lo primero que haría ese triunvirato es convocar a elecciones y en ellas, es claro, usted tendría el triunfo asegurado.

"Y repito, si usted llega al poder, nunca me verá en una de sus antesalas."

Licenciado: "Debo corresponder su franqueza y le digo que en esta lucha en que yo estoy en contra de la Canalla que gobierna al país, me creo obligado a aceptar cualquier ayuda, así me la ofrezca el Diablo. De suerte que acepto."

General: "Está bien, Licenciado, y sólo insisto en decirle una cosa y es que cuando tiendo la mano de amigo no traicionó esa amistad."

Pasamos a la mesa, que estuvo muy bien atendida, con manjares a la sonorense, de buena carne y esas tortillas redondas muy anchas, estilo árabe, un tanto desabridas.

Ya entre plato y plato y en tono desahogado, el General volvió a hablar. "Quiero contarle, me dijo, ciertos detalles que le servirán a usted para entender mejor mi posición." En torno de la mesa nos hallábamos el Gral. Calles, el Gral. Tapia, don Francisco Ahumada, el Sr. Castellanos, por el momento secretario particular de Calles, y el que esto relata. "Sin duda, comenzó a decir el General, usted sabe que el Gral. Cárdenas, durante su campaña electoral y a principios de su Gobierno, se mostró excesivamente complaciente conmigo. En su primer Gabinete nombró Ministro a mi hijo Rodolfo —un rasgo de lealtad sin precedente—: todo el Gabinete, por lo demás, era de amigos míos. No faltó quien supusiera que yo los había designado, lo cual desde luego es falso. En suma, el Gral. Cárdenas se empeñaba en hacer ver o hacer creer a todo el mundo, que yo era su director espiritual. En el fondo, a mí me tenía cansado todo eso del Maximato y para acentuar mi alejamiento de los asuntos públicos, me fui a refugiar en mi rancho de Sinaloa, por ser el más distante de la Capital.

"Desde allí, sin embargo, no pude dejar de darme cuenta del camino equivocado que seguía el Presidente incitando a los obreros a declarar huelgas y promover dificultades con los patronos. Llegó el momento en que Cárdenas sintió que había llegado demasiado lejos y entonces me mandó invitar a que me dirigiera a la Capital para prestarle apoyo con mi presencia. Al principio le mandé decir que debía afrontar solo las dificultades, que mi viaje a la Capital daría lugar a que su autoridad se sintiera deprimida; pero intervinieron los amigos y al fin, creyendo que le prestaba un servicio decisivo, me trasladé a México. Inmediatamente fue el Presidente a verme; me hizo ver que las organizaciones de trabajadores estaban escapando a su control y que juzgaba que sólo unas declaraciones mías podrían contener la agitación."

"¿Qué clase de declaraciones?", pregunté.

"Pues querernos pedirle que dirija usted un Manifiesto a la clase obrera llamándole la atención sobre el peligro que suponen las exigencias desmesuradas que están presentando. A todo esto, por supuesto, añadió la renovación de su lealtad y la súplica de que como en otras ocasiones, no le negara mi sostén.

"La solicitud del Presidente me pareció digna de apoyo. Le pedí un plazo corto para redactar el documento. Nos separamos con la habitual cordialidad, con muestras de efusión por su parte, y me apresuré a servirlo. Otras veces puedo haber desconfiado del actual Presidente, pero no aquella en que caí redondo en su trampa.

"Usted conoce el texto de aquel Manifiesto. Cuando se lo mandé al Presidente, se me aseguró que sería publicado acompañado de unas declaraciones del Presidente Cárdenas ratificándolo en toda su extensión.

"No tuve que esperar más de 24 horas; se conoce que lo que se publicó como respuesta era una declaración preparada de antemano, en la cual no sólo no se ratificaban mis recomendaciones, sino que, en contraste con todo lo que yo decía, el Presidente Cárdenas daba la razón a los obreros en todas sus exigencias y se exhibía como el Caudillo insobornable del proletariado, dando a entender que mí tiempo había pasado, y no era yo el revolucionario intachable de antes y que el Gobierno sentía discrepar de mi posición.

"A los pocos días ocurrió lo que todo el mundo sabe: me expulsaron sin que yo pudiera ofrecer resistencia porque desde antes de mi visita, las autoridades militares de la Capital habían sido cambiadas, poniendo a jefes que habían tenido alguna rencilla personal conmigo."

Licenciado: "Me alegro mucho de haber tenido la ocasión de esta entrevista; le agradezco la confianza con que me ha hablado. Siempre sospeché que había sido usted víctima de una traición deliberada y sucia."

General: "Leí las declaraciones que usted hizo en ese sentido, a raíz de los sucesos. En fin, Licenciado, lo único que yo quiero es mi venganza."

Había oscurecido y era oportuno despedirse. Como no queríamos que en torno de la entrevista se hiciesen comentarios que pudieran estorbar nuestra acción, decidimos mantener comunicación periódica a través de amigos de confianza, como el Gral. Tapia y don Francisco Ahumada, o bien el Sr. Castellanos, que fungía como secretario particular y se mostraba muy enterado de todo y muy despierto. Como yo sabía que la cuestión religiosa la estaba resolviendo el cardenismo de acuerdo con la presión de Washington, sentía ansiedad de enterarme de todos los demás aspectos del cambio político que se operaba en México. La demagogia cardenista nunca nos impresionó; sabíamos que era la cortina de humo que disimulaba la entrega de la soberanía nacional a las conveniencias internacionales de los Estados Unidos. De allí la prisa que sentía, de dar una vuelta por Nueva York, que es donde se conoce el desarrollo de los sucesos de nuestro país. En conversación de pie, ya para separarnos, manifesté todo esto a Calles, que estuvo de

acuerdo conmigo y en seguida me habló de su situación económica. No tenía dinero y no quería pedirlo a los que podrían ayudar-
nos porque en la situación en que nos hallábamos, lo que ofrece-
rían sería insuficiente y nada más serviría para comprometernos.
En cambio, nos sobrarían ofertas de dinero tan pronto como se
produjese en México el primer brote de insurrección militar. Sin
embargo, comprendía que no era justo que yo me echase la carga
de gastos de viajes que en lo de adelante servirían en beneficio
recíproco. En aquellos días, precisamente, llegarían a visitarlo de México, precisó Calles, personas que solían traerle auxilios amistosos
de algunos miles de dólares para lo más urgente. Por conducto del
Gral. Tapia, me haría llegar 2000 Dls. para el viaje a Nueva York.

APÉNDICE III

Como en ninguna otra bibliografía o nota de diccionario, de las numerosas que se refieren a José Vasconcelos, la de la Academia Mexicana de la Lengua Correspondiente de la Española[1] contiene datos tan completos de su actividad pública. Se trata de una breve biografía la cual dice:

> Vasconcelos José.– Nació en Oaxaca, a 27 de febrero de 1882; y terminados sus estudios primarios, vino a esta capital para hacer los de Leyes en nuestra Escuela de Jurisprudencia, en la que obtuvo el título de abogado.
>
> Fue Agente del Ministerio Público en Durango; pero atraído por la política, se afilió al Partido Antirreeleccionista; y entre 1908 y 1909 actuó en los Estados Unidos como agente confidencial del movimiento revolucionario que preparaba D. Francisco I. Madero.
>
> Al triunfar la revolución se dedicó a ejercer su profesión de abogado, pero se lanzó de nuevo a la lucha activa al ser asesinados los señores Madero y Pino Suárez, Presidente y Vicepresidente de la República. Se ligó con los "convencionistas" y fue el consejero más importante que tuvo el Presidente de la República "convencionista" D. Eulalio Gutiérrez; periodo en el cual fungió como Secretario de Educación Pública.
>
> Lanzó su candidatura primero para Gobernador de su Estado y luego para Presidente de la República, después de haber sido nuevamente Secretario de Educación Pública; pero como sus opositores le hubieran negado el triunfo que él y sus sostenedores consideraron había alcanzado, se retiró de la política y abandonó el país por largo tiempo.
>
> Ha recorrido muy ampliamente el viejo y el nuevo mundo, siendo

---

[1] *Memorias de la Academia Mexicana Correspondiente de la Española,* t. VII (1945), edición facsímil, Ediciones del Centenario de la Academia Mexicana, 12, México, 1975.

aplaudido siempre como un pensador y filósofo de altos vuelos, y como escritor literario, sugestivo y arista.

Al escribirse estas apuntaciones vive relativamente apartado de la política militante y es el Director de la Biblioteca Nacional de México; sin que por esto deje de estar con la pluma en la mano como su mejor arma para combatir.

Ha sido siempre hombre de gran empuje y notable escritor de combate.

APÉNDICE IV
Copia del acta de fundación de la Sociedad de Conferencias y Conciertos

En la ciudad de México, a los cinco días del mes de septiembre de mil novecientos diez y seis y siendo las once de la mañana, se reunieron en la biblioteca de la Escuela Nacional de Jurisprudencia, los señores Alfonso Caso, Antonio Castro, Manuel Gómez Morín, Vicente Lombardo Toledano, Jesús Moreno Baca, Teófilo Olea y Alberto Vázquez del Mercado, y acordaron:

I. Fundar una sociedad con el fin de propagar la cultura entre los estudiantes de la Universidad Nacional de México.

II. La sociedad se llamará "Sociedad de Conferencias y Conciertos".

III. Constituirse en socios fundadores reservándose el derecho de invitar a las personas que den conferencias.

Y para constancia firmaron la presente los que en el acto intervinieron.

Alfonso Caso, Antonio Castro, Manuel Gómez Morín, Vicente Lombardo Toledano, Jesús Moreno Baca, Teófilo Olea y Alberto Vázquez del Mercado.

APÉNDICE V
Plan de Agua Prieta

Considerando:

I. Que la Soberanía Nacional reside esencial y originariamente en el pueblo; que todo poder público dimana del pueblo y se instituye para su beneficio, y que la potestad de los mandatarios públicos es únicamente una delegación parcial de la soberanía popular, hecha por el mismo pueblo.

II. Que el actual Presidente de la República, C. Venustiano Carranza, se ha constituido Jefe de un partido político y persiguiendo el triunfo de ese partido, ha burlado de una manera sistemática el voto popular; ha suspendido, de hecho, las garantías individuales; ha atentado repetidas veces contra la soberanía de los Estados y ha desvirtuado radicalmente la organización política de la República.

III. Que los actos y procedimientos someramente expuestos, constituyen, al mismo tiempo, flagrantes violaciones a nuestra Ley Suprema, delitos graves del orden común y traición absoluta a las aspiraciones fundamentales de la Revolución Constitucionalista.

IV. Que habiendo agotado todos los medios pacíficos para encauzar los procedimientos del repetido Primer Mandatario de la Federación, por las vías constitucionales, sin haberse logrado tal finalidad, ha llegado el momento de que el pueblo mexicano asuma toda su soberanía, revocando al mandatario infiel el poder que le había conferido y reivindicando el imperio absoluto de sus instituciones y de sus leyes. En tal virtud, los suscritos ciudadanos mexicanos en pleno ejercicio de nuestros derechos políticos, hemos adoptado en todas sus partes y protestamos sostener con entereza, el siguiente:

PLAN ORGÁNICO DEL MOVIMIENTO REIVINDICADOR DE LA DEMOCRACIA Y DE LA LEY.

Art. I. Cesa en el ejercicio del Poder Ejecutivo de la Federación el C. Venustiano Carranza.

Art. II. Se desconoce a los funcionarios públicos cuya investidura tenga origen en las últimas elecciones de Poderes Locales verificadas en los Estados de Guanajuato, San Luis Potosí, Querétaro, Nuevo León y Tamaulipas.

Art. III. Se desconoce asimismo el carácter de Concejales del Ayuntamiento de la Ciudad de México a los ciudadanos declarados electos con motivo de los últimos comicios celebrados en dicha capital.

Art. IV. Se reconoce como Gobernador Constitucional del Estado de Nayarit al C. José Santos Godínez.

Art. V. Se reconoce también a todas las demás autoridades legítimas de la Federación y de los Estados. El Ejército Liberal Constitucionalista sostendrá a dichas autoridades siempre que no combatan ni hostilicen el presente movimiento.

Art. VI. Se reconoce expresamente como Ley Fundamental de la República a la Constitución Política del 5 de febrero de 1917.

Art. VII. Todos los Generales, Jefes, Oficiales y soldados que secunden este Plan, constituirán el Ejército Liberal Constitucionalista. El actual Gobernador Constitucional de Sonora, C. Adolfo de la Huerta, tendrá interinamente el carácter de Jefe Supremo del ejército con todas las facultades necesarias para la organización política y administrativa de este movimiento.

Art. VIII. Los Gobernadores constitucionales de los Estados que reconozcan y se adhieran a este movimiento en el término de 30 días, a contar de la fecha de la promulgación de este Plan, nombrarán cada uno de ellos, un representante debidamente autorizado, con objeto de que dichos delegados, reunidos a los sesenta días de la fecha del presente en el sitio que designe el Jefe Supremo Int., procedan a nombrar en definitiva, por mayoría de votos, el Jefe Supremo del Ejército Liberal Constitucionalista.

Art. IX. Si en virtud de las circunstancias originadas por la campaña, la Junta de Delegados de los Gobernadores Constitucionales a que se refiere el articulo anterior, no reúne mayoría en la fecha indicada, quedará definitivamente como Jefe Supremo del Ejército Liberal Constitucionalista el actual Gobernador Constitucional del Estado de Sonora, C. Adolfo de la Huerta.

Art. X. Tan luego como el presente Plan sea adoptado por la mayoría de la Nación y ocupada la ciudad de México por el Ejército Liberal Constitucionalista, se procederá a nombrar un Presidente Provisional de la República, en la forma prevista en los artículos siguientes:

Art. XI. Si el movimiento quedare consumado antes de que termine el actual periodo del Congreso Federal, el Jefe del Ejército Liberal Constitucionalista convocará al Congreso de la Unión a sesiones extraordinarias, en el lugar en que pueda reunirse, y los miembros de ambas Cámaras elegirán al Presidente Provisional, de conformidad con la Constitución vigente.

Art. XII. Si el caso previsto por el artículo X llegare a presentarse con posterioridad a la terminación del periodo constitucional de las Cámaras actuales, el Jefe Supremo del Ejército Liberal Constitucionalista asumirá la Presidencia Provisional de la República.

Art. XIII. El Presidente Provisional convocará a elecciones de Poderes Ejecutivo y Legislativo de la Federación inmediatamente que tome posesión de su cargo.

Art. XIV. El Jefe Supremo del Ejército Liberal Constitucionalista nombrará Gobernadores Provisionales de los Estados de Guanajuato, San Luis Potosí, Querétaro, Nuevo León y Tamaulipas, de los que no tengan Gobernador Constitucional y de todas las demás Entidades Federativas cuyos primeros mandatarios combatan o desconozcan este movimiento.

Art. XV. Consolidado el triunfo de este Plan, el Presidente Provisional autorizará a los Gobernadores Provisionales para que convoquen inmediatamente a elecciones de Poderes Locales, de conformidad con las Leyes respectivas.

Art. XVI. El Ejército Liberal Constitucionalista se regirá por la Ordenanza General y Leyes Militares actualmente en vigor en la República.

Art. XVII. El Jefe Supremo del Ejército Liberal Constitucionalista, y todas las autoridades civiles y militares que secunden este Plan impartirán garantías a nacionales y extranjeros y protegerán muy especialmente el desarrollo de la industria, del comercio y de todos los negocios.

SUFRAGIO EFECTIVO. NO REELECCIÓN

Agua Prieta, abril 23 de 1920.

GRAL. DE DIVISIÓN. P. ELÍAS CALLES.

Generales de Brigada: Ángel Flores, Francisco R. Manzo, Juan Cruz, Lino Morales, Fco. R. Serrano.— *Generales Brigadieres:* Miguel Piña H.,

J. M. Padilla, Fructuoso Méndez, Carlos Plank, Roberto Cruz, Alejandro Mange, Luis Matus, Ramón Gómez, Luis Espinosa, Ignacio Mori, Macario Gaxiola y José Ma. Ochoa.— *Capitán de Navío:* J. de la Llave.— *Capitán de Navío:* E. Olivier.— *Coroneles:* Abelardo L. Rodríguez, J. M. Aguirre, Fausto Topete, Enrique León, Guillermo M. Palma, Lorenzo Muñoz, E. C. García, Anatolio B. Ortega, A. A. Ancheta, Guillermo Nelson, Eduardo Andalon, Julio García, Z. Jiménez Ponce, Francisco G. Manríquez, Camilo Gastélum, Jr., Mateo de la Rocha, Rosendo Quesada, Pablo C. Mancías, Juan G. Amaya y Antonio A. Guerrero.— *Tenientes Coroneles:* Mariano Valtiérrez, Ángel Camargo, Pedro Sosa, Anselmo Armenta, Antonio Cruz, J. Jesús Arvizu, A. Campbell, Jesús M. Palma, G. R. Limón, Jesús O. Cota, Rafael Villagrán, Alberto G. Montaño, Manuel Bacilio, Francisco Ochoa, Juan B. Izaguirre, Antonio Armenta, Pedro Quintero, Pedro C. Figueroa, Manuel García, Ignacio Otero, Rodolfo Ibarra Vega, Manuel Limón, Jesús Otero, Manuel Escobar, Gumersindo López, Eligio Samaniego, Benito Bernal, Alberto Zuno Hernández, Santos R. Flores y Jesús Borquez.— *Mayores:* Luis Palomares, Rodolfo N. Reyna, Isaac M. Rocha, Guadalupe Cruz, Canuto Ortega, Máximo Othón, Patricio García, Manuel Meza, Manuel I. Medina, J. M. Gurrola, J. J. Pérez, Ricardo Legaspi, B. González, Luis R. Flores, Manuel O. Lugo, Ángel Gaxiola, Jr., Victoriano Ibarra, Francisco Pérez Sánchez, Ángel B. Quiroz, Vicente Tabares, F. Polanco, Leopoldo Robles, Alfredo Delgado, José Ma. Hernández, Victoriano Díaz, Manuel Martínez, José S. Obregón y José A. Araiza.— *Capitanes primeros:* S. Amézquita Liceaga, Pantaleón Pineda, José Ma. Tapia, Francisco Herrera.— *Subteniente:* Manuel H. Lira.— *Señores:* Francisco S. Elías, Luis L. León, H. Gavilondo, Antonio G. Rivera.— *Administrador Aduana de Agua Prieta:* Julián S. González.— *Pte. Mpal. de Cananea:* J. R. Estrada. Alfonso Vázquez, *Agente Comercial en Douglas, Arizona.* Ricardo C. López, *Jefe de la Oficina Telegráfica en Nogales, Son.* Teniente Coronel Abraham Fraijo, *Pte. Mpal. de Agua Prieta.* Arturo M. Escandón, Director de "El Tiempo" y F. Alfonso Pesqueira.— *Constituyentes de Querétaro:* Luis G. Monzón y Froylán C. Manjarrez.— *Constituyentes de Sonora:* Antonio R. Romo, Rosendo L. Galaz, José Ma. V. Lizárraga, Gabriel Corella, Adalberto Trujillo y Clodoveo Valenzuela. Ramón M. Bernal, *Oficial Mayor del Congreso del Estado.* A. M. Sánchez, *Oficial 1o. de la Secretaría de Gobierno.* S. M. Moreno, *Jefe de la Sección de Gobernación.* A. B. Sobarzo, *Encargado de la Sección del*

Registro Civil. Amos B. Casas, *Oficial 2o. de la Secretaría de Gobierno.*
S. A. Campoy, *Oficial 3o. de la Secretaría de Gobierno.* Carlos S. Díaz,
Jefe del Departamento de Compras. Miguel Vázquez, *Jefe del Departa-
mento de Archivo.* Ángel Avilez, *Oficial del Departamento de Archivo.*
Guillermo de la Rosa, *Director General de Instrucción Pública.* Miguel
Yépez Solórzano, *Director General del Catastro.* Aurelio S. Larios,
Dibujante del Catastro. Manuel Larios, *Ingeniero de la Dirección del
Catastro.* Raúl Salazar, *Procurador General de Justicia en el Estado.* B.
Cabrera, *Jefe de Defensores de Oficio.* Ángel Amante, *Oficial 1o. de la
Secretaría del Congreso.* Plutarco Padilla, *Oficial 2o. de la Secretaría del
Congreso.* Heliodoro Pérez Mendoza, *Jefe de la Sección de Glosa de la
Inspección de Telégrafos.* Eloy García S., *Jefe de la Oficina Telegráfica de
Hermosillo.* F. R. Pesqueira, *Administrador Principal del Timbre.* Rafael
Manzo, *Tesorero General del Estado.* Lic. Pedro González Ruvalcaba,
Juez de Instrucción Militar. Lic. José Guzmán V., *Agente del Ministerio
Público, Militar.* Lic. Senén García, *Asesor de Guerra.* José S. Healy, *Pe-
riodista.* Alberto S. Díaz, Carlos Genda, Jr., Mario Hernández Machain,
*Secretario Particular del Jefe Supremo del Ejército Liberal Constitucio-
nalista.* A. R. Guzmán, *Agente General de Agricultura y Fomento.—
Diputados al Congreso del Estado:* Lic. Gilberto Valenzuela, Emiliano
Corella M., Ing. Joaquín C. Bustamante, Miguel C. López, Alejo Bay,
Luis F. Chávez, Felizardo Frías, Ramón D. Cruz, Alfonso Almada, Igna-
cio G. Soto, Florencio Robles, Leoncio J. Ortiz, Julio C. Salazar, Rafael F.
L. Paredes y Emilio Mendívil.— *Magistrados del Supremo Tribunal de
Justicia:* Lic. Luis N. Ruvalcaba, Espiridión S. Ruiz y Lic. Manuel Zezati.
Alberto C. Laustanau, *Secretario del Tribunal de Justicia. Diputados al
Congreso de la Unión:* Alejandro Velázquez López, Damián Alarcón,
Ezequiel Ríos Landeros.— *Señores:* Fernando Torre Blanca, Lic. Rafael
Díaz de León y Alfonso Guerra.

BIBLIOGRAFÍA

Ahumada, Herminio, *José Vasconcelos. Una vida que iguala la acción con el pensamiento,* Ediciones Botas, México, 1937.

Blanco, José Joaquín, *Se llamaba Vasconcelos. Una evocación crítica,* FCE, México, 1977 (Colección Vida y Pensamiento de México).

Cabrera, Luis, "Una cacería de gazapos", *Obras completas,* t. II: *Obra literaria,* edición preparada y dirigida por Eugenia Meyer, Oasis, México, 1974, pp. 354-391.

——, *La herencia de Carranza* (bajo el seudónimo de Blas Urrea), Imprenta Nacional, S. A., México, 1920.

Carballo, Emmanuel, *19 protagonistas de la literatura mexicana del siglo xx,* Empresas editoriales, México, 1965. Otra ed., SEP, 1987.

Casasola, Gustavo, *Historia gráfica de la Revolución mexicana, 1900-1960,* 4 t., edición conmemorativa, Trillas, México, 1960.

Conferencias del Ateneo de la Juventud, prólogo, notas y recopilación de apéndices de Juan Hernández Luna, Centro de Estudios Filosóficos/UNAM, México, 1962 (Nueva Biblioteca Mexicana, 5).

Copleston, S. J., Frederick, *17 History of Philosophy,* 9 vol. in 3 books, Image Books, a Division of Doubleday & Co., Inc., Garden City, Nueva York, 1985.

Cosío Villegas, Daniel, *Ensayos y notas,* t. I, Ed. Hermes, S. A., México/Buenos Aires, 1966.

Diccionario Porrúa. Historia, biografía y geografía de México, 4a. ed. corregida y aumentada con un suplemento, 2 t., Porrúa, México, 1976.

Elizondo, Salvador, *Cuaderno de escritura,* Universidad de Guanajuato, 1969.

Elmore, Edwin, *Vasconcelos frente a Chocano y Lugones. Los ideales americanos ante el sectarismo contemporáneo. (El último trabajo intelectual de mi hermano cuya primera parte "La crónica" no quiso publicar mostrándoselo a Chocano),* consideraciones por Teodoro Elmore Letts, Lima, Perú, s/e, 1926.

Enciclopedia de México, director José Rogelio Álvarez, 3a. ed., 12 vols., Enciclopedia de México, S. A., México, 1977.

Encyclopaedia Universalis, 18 *Corpus* et 3 vol., *Thesaurus Index,* Encyclopaedia Universalis, Francia, 1985.

Ferrater Mora, José, *Diccionario de filosofía,* 4 vols., Alianza Editorial, Madrid, 1979 (Alianza Diccionarios).

Ferreira, João-Francisco, *Capítulos de literatura hispanoamericana,* Edicões da Facultade de Filosofía. Gráfica de Universidade, Porto Alegre, 1959.

Gamboa, Federico, *Mi Diario, mucho de mi vida y algo de la de otros,* varios tomos, primera y segunda serie, Ediciones Botas, México, 1907-1938.

————, *Diario de Federico Gamboa (1892-1939),* selección, prólogo y notas de José Emilio Pacheco, Siglo XXI Editores, México, 1977 (El Hombre y sus Obras).

García Cantú, Gastón, "Vasconcelos, historia y política", *Cruce de caminos,* Fundación de Investigaciones Sociales, A. C., México, 1985, pp. 15-34.

————, *El pensamiento de la reacción mexicana. Historia documental 1810-1962,* Empresas Editoriales, México, 1965.

————, *El socialismo en México,* Ediciones Era, México, 1969.

González Navarro, Moisés, "El Porfiriato. La vida social", *Historia moderna de México,* Colección dirigida y con una "Cuarta llamada particular" por Daniel Cosío Villegas, Ed. Hermes, México, 1957.

Guisa y Azevedo, Jesús, *Me lo dijo Vasconcelos...,* Editorial Polis, México, 1965.

Krauze, Enrique, *Caudillos culturales en la Revolución mexicana,* 3a. ed., Siglo XXI, México, 1982.

————, *Puente entre siglos. Venustiano Carranza,* investigación iconográfica de Aurelio de los Reyes; asistente de investigación, Margarita de Orellana, FCE, México, 1987 (Biografía del Poder, 5).

La educación pública en México a través de los mensajes presidenciales desde la consumación de la Independencia hasta nuestros días, prólogo de don J. M. Puig Casauranc, SEP, México, 1926.

La labor internacional de la Revolución constitucionalista, SRE, México, s/f (probablemente de 1918). Telegrama núm. 182, p. 385.

Magdaleno, Mauricio, *Las palabras perdidas,* FCE, México, 1956 (Colección Vida y pensamiento).

Martínez, José Luis, Samuel Ramos y Francisco Larroyo *et al., México en la cultura,* SEP, México, 1946.

Memorias de la Academia Mexicana Correspondiente de la Española, tomo VII (1945), Edición facsímil, Ediciones del Centenario de la Academia Mexicana/12, México, 1975.

Nietzsche, Friedrich, *The Birth of Tragedy and The Genealogy of Morals,* Trans. by Francis-Golffing, Doubleday Anchor Books, Nueva York, 1956.

———, *El eterno retorno. Así habló Zaratustra. Más allá del bien y del mal,* traducción, introducción y notas de Eduardo Ovejero y Mauri, 7a. ed., Aguilar Eds., Argentina, 1974 (Biblioteca Filosófica).

Novo, Salvador, *La vida en México en el periodo presidencial de Lázaro Cárdenas,* Empresas Editoriales, México, 1964.

———, *La vida en México en el periodo presidencial de Manuel Ávila Camacho,* Empresas Editoriales, México, 1965.

———, *La vida en México en el periodo presidencial de Miguel Alemán,* Empresas Editoriales, México, 1967.

———, *Toda la prosa,* Empresas Editoriales, México, 1964.

Ocampo de Gómez, Aurora M., y Ernesto Prado Velázquez, *Diccionario de escritores mexicanos,* "Panorama de la literatura mexicana" por Ma. del Carmen Millán, UNAM/Centro de Estudios Literarios, México,1967.

Orozco, José Clemente, *Autobiografía,* Eds. Occidente, México, 1945.

Paz, Octavio, *México en la obra de Octavio Paz. II: Generaciones y semblanzas. Escritores y letras de México,* edición de O. Paz y Luis Mario Schneider, FCE, México, 1987 (Colección Letras Mexicanas).

———, "Pintura mural", *México en la obra de Octavio Paz. III: Los privilegios de la vista. Arte de México,* edición de O. Paz y Luis Mario Schneider, FCE, México, 1987 (Colección Letras Mexicanas).

Ramírez y Ramírez, Enrique, *Carta de un joven a José Vasconcelos,* Ediciones del C. C. de la Federación Juvenil Comunista de México, México, 1936.

Ramos, Samuel, *El perfil del hombre y la cultura en México,* Austral, Buenos Aires-México, 1951.

———, *O. C., I. Hipótesis. El perfil del hombre y la cultura en México. Más allá de la moral de Kant. Apéndice,* prólogo de Francisco Larroyo, UNAM, México, 1975 (Nueva Biblioteca Mexicana, 41).

Revolución y régimen constitucionalista, t. i: *Documentos históricos de la Revolución mexicana,* publicados bajo la dirección de Isidro Fabela, FCE, México, 1960.

Reyes, Alfonso, "Adiós a Vasconcelos", *Memorias de la Academia Mexicana Correspondiente de la Española (Discursos académicos),* t. XVII, Ed. Jus, México, 1960, pp. 168-169.

——, *Oración del 9 de febrero* (Breve noticia de los sucesos del 9 de febrero de 1913), prólogo de Gastón García Cantú, Era, México, 1963 (Colección Alacena).

——, *Pasado inmediato, O. C.,* t. XII, FCE, México, 1960, pp. 175-278.

——, *Posición de América,* prólogo de Martha Robles, CEESTEM/ Nueva Imagen, México,1982 (Colección Cuadernos Americanos, 2).

Rivas Mercado, Antonieta, *La campaña de Vasconcelos,* prólogo de Luis Mario Schneider, Oasis, México, 1981 (Colección Biblioteca de las Decisiones, 1).

Robles, Martha, *Educación y sociedad en la historia de México,* Siglo XXI Editores, México, 1977.

——, *La sombra fugitiva. Escritoras en la cultura nacional,* 2 t. Centro de Estudios Literarios/ Instituto de Investigaciones Filológicas de la UNAM, México, t. I, 1985, t. II, 1986 (Letras del XX).

Rodríguez Lozano, Manuel, *Pensamiento y pintura,* prólogo de Rodolfo Usigli, Imprenta Universitaria, México, 1960.

Russell, Bertrand, *A History of Western Philosophy* (and its Connection with Political and Social Circumstances from the Earliest Times to the Present Day), Simon and Schuster, Nueva York, 15nd. printing, 1945.

Santamaría, Francisco J., *Diccionario de mejicanismos,* Porrúa, México, 1959.

Sierra, J. Carlos, *José Vasconcelos (Hemerografía 1911-1959),* sobretiro del *Boletín Bibliográfico* de la SHCP, núm. 311, México,1965.

Sierra, Justo, *Obras completas,* t. VIII: *La educación nacional (artículos, actuaciones y documentos),* edición ordenada y anotada por Agustín Yáñez, UNAM, México, 1948.

Silva Herzog, Jesús, *Un ensayo sobre la Revolución mexicana,* Ediciones de Cuadernos Americanos, México, 1946.

——, *Breve historia de la Revolución mexicana,* 2 vols., séptima reimpresión, FCE, México, 1973 (Colección Popular).

Silva Herzog, Jesús, *Una historia de la Universidad de México y sus problemas,* Siglo XXI, México, 1974.

——, *Biografías de amigos y conocidos,* Ediciones de Cuadernos Americanos, México, 1980.

Skirius, John, *José Vasconcelos y la cruzada de 1929,* traducción de Félix Blanco, Siglo XXI Editores, México, 1978.

Taracena, Alfonso, *La verdadera Revolución mexicana. Sexta etapa (1918-1920),* Ed. Jus, México, 1961 (Figuras y Episodios de la Historia de México, 93).

The New Encyclopaedia Britannica, Micropedia: Ready Reference; Macropaedia: Knowledge in Depth, 29 vols., 15th. ed., plus Index and Britannica World Data, Printed in USA, 1986.

Torres Bodet, Jaime, *Autobiografía. Tiempo de arena. Obras escogidas,* FCE, México, 1961, pp. 190-382 (Colección Letras Mexicanas).

Valadés, José C., *Historia del pueblo de México. Desde sus orígenes hasta nuestros días,* 3 t., Editores Mexicanos Unidos, México, tomo III, 1967.

Valbuena Prat, Ángel, *Historia de la literatura española,* 4 vols., 8ª ed. corregida y ampliada, Ed. Gustavo Gili, Barcelona, 1974.

Varios autores, *México, 50 años de Revolución,* FCE, México, 1963.

Vasconcelos visto por la Casa Blanca, según los archivos de Washington, D. C., con una carta inédita, a manera de prólogo, de José Vasconcelos, selección, traducción y comentarios de Joaquín Cárdenas N., s/e, México, 1978.

Vasconcelos, José, *La caída de Carranza. De la dictadura a la libertad,* Imp. Murguía, México, 1920.

——, *Obras completas,* 4 t., Libreros Mexicanos Unidos, México, 1957-1961 (Colección Laurel).

——, *En el ocaso de mi vida,* Populibros "La Prensa", México, 1957.

——, *Cartas políticas de José Vasconcelos. Primera Serie, 1924-1936,* preámbulo y notas de Alfonso Taracena, Clásica Selecta/Editora Librera, México, 1959.

——, *La flama. Los de arriba en la Revolución. Historia y tragedia,* Cía. Editorial Continental, México, 1959.

——, *Breve historia de México,* 6a. ed., Ediciones Botas, México, 1950.

——, *Qué es la Revolución,* 2a. ed., Ediciones Botas, México, 1937.

——, *La raza cósmica,* Espasa-Calpe México, S. A., México-Buenos Aires-Madrid, 1948.

Vasconcelos, José, *et al.*, *México y España,* 4a. ed., México, 1929.

——, *Carta a la intelectualidad,* México, 1933.

——, *Los últimos cincuenta años,* México, 1924.

——, *Páginas escogidas,* selección y prólogo de Antonio Castro Leal, Ediciones Botas, México, 1940.

——, *Memorias (Ulises criollo, La tormenta, El desastre, El Proconsulado),* 2 t., FCE, México, 1984 (Colección Letras Mexicanas).

Valbuena Briones, Ángel, *Literatura hispanoamericana,* t. V, *Historia de la literatura española,* de la 4a. ed. ampliada, Ed. Gustavo Gili, Barcelona, 1969.

Velázquez Bringas, Esperanza, y Rafael Heliodoro Valle, *Índice de escritores,* Talleres Gráficos de Herrero Hnos. Sucs., México, 1928.

Zea, Leopoldo, *El positivismo en México. Nacimientos, apogeo y decadencia,* 1a. reimp. de la 1a. ed. en un solo volumen, FCE, México, 1975 (Sección de Obras de Filosofía).

ÍNDICE

Introducción 9

I. Hacia el nuevo humanismo 17
II. La caída de Carranza 45
III. El poder de la pluma 77
IV. El riesgo de la pasión 125

Epílogo 163

APÉNDICES

Apéndice I 171
Apéndice II ....
181
Apéndice III 186
Apéndice IV: Copia del acta de fundación de la Sociedad de Conferencias y Conciertos 188
Apéndice V: Plan de Agua Prieta 189

Bibliografía 195

Este libro se terminó de imprimir y encuadernar en octubre de 2002 en los talleres de Impresora y Encuadernadora Progreso, S. A. de C. V. (IEPSA), Calz. de San Lorenzo, 244; 09830 México, D. F. En su tipografía, parada en el Taller de Composición Electrónica del FCE, se usaron tipos Poppl-Pontifex de 11, 9.5:13, 8.5:13 y 7.5:10 puntos. La edición, de 1 000 ejemplares, estuvo al cuidado de *Manlio Fabio Fonseca Sánchez.*

Colecciones del FCE

Economía
Sociología
Historia
Filosofía
Antropología
Política y Derecho
Tierra Firme
Psicología, Psiquiatría y Psicoanálisis
Ciencia y Tecnología
Lengua y Estudios Literarios
La Gaceta del FCE
Letras Mexicanas
Breviarios
Colección Popular
Arte Universal
Tezontle
Clásicos de la Historia de México
La Industria Paraestatal en México
Colección Puebla
Educación
Administración Pública
Cuadernos de La Gaceta
Río de Luz

La Ciencia desde México
Biblioteca de la Salud
Entre la Guerra y la Paz
Lecturas del Trimestre Económico
Coediciones
Archivo del Fondo
Monografías Especializadas
Claves
A la Orilla del Viento
Diánoia
Biblioteca Americana
Vida y Pensamiento de México
Biblioteca Joven
Revistas Literarias Mexicanas Modernas
El Trimestre Económico
Nueva Cultura Económica
Biblioteca Mexicana
Fondo 2000